Friedrich Bornemann

# Kling Glöckchen

Niederrhein-Krimi

Friedrich Bornemann lebt in einem kleinen Dorf am linken Niederrhein. Nach einem abwechslungsreichen Berufsleben (u. a. als Finanzbeamter, Musikschullehrer und Verbandsgeschäftsführer) berichtete und fotografierte er als freier Journalist für die lokale Presse. Jetzt schreibt er spannend-unterhaltsame Niederrhein-Krimis.

Friedrich Bornemann

# Kling Glöckchen

Niederrhein-Krimi

Mercator

Alle Handlungen und Personen in diesem Roman sind frei erfunden. Etwaige Ähnlichkeiten mit lebenden oder toten Personen sind zufällig und nicht beabsichtigt.

Autor: Friedrich Bornemann
Lektorat: Susanne Nagels, Susanne Schulten

Bibliografische Information der Deutschen Bibliothek
Die Deutsche Bibliothek verzeichnet diese Publikation in der Deutschen Nationalbibliografie; detaillierte bibliografische Daten sind im Internet über http://dnb.ddb.de abrufbar.



Verlag Fachtechnik + Mercator-Verlag, Duisburg
www.mercator-verlag.de

Umschlaggestaltung: Typometris GmbH, Münster
Layout und Druck: Druckhaus Cramer, Greven
ISBN 978-3-87463-494-6

**„Die Wolken, die vorm Monde zieh'n,**
**verdunkeln ihn.“**
(Heinz Erhardt)

## Eiszeit

Beo und Enna hatten es sich unter einem der leuchtend gelben Sonnenschirme vor dem Eiscafé „La Gondola" bequem gemacht. Enna löffelte ein großes Spaghetti-Eis, während Beo zufrieden an seinem obligatorischenen Eiskaffee nuckelte.

Der Name des Lokals und die Farbe der Sonnenschirme erinnerten Beo jedes Mal an Venedig. Enna und er hatten vor zwei Jahren ihr Detektivbüro für ein paar Tage geschlossen und eine erholsame Zeit in der Lagunenstadt verbracht. Natürlich hatten sie auch den Markusplatz mit dem Campanile besucht. Enna war die unzähligen Stufen im Glockenturm hinaufgeklettert, um die herrliche Aussicht über Venedig und den Canale Grande zu genießen. Beo hatte solange auf einem mit gelben Tischen und Stühlen ausgestatteten Bereich am Rande des Markusplatzes gewartet, ein Bitter Lemon getrunken und drei Musikern zugehört, die auf ihrem kleinen Podium vor sich hin fiedelten.

Auf dem Großen Markt in Wesel waren natürlich keine Gondeln zu sehen, und statt eines frei stehenden Glockenturms gab es nur einen kleinen Dachreiter oben auf dem Dom. Die Temperaturen konnten in diesem Sommer aber durchaus mit denen in Venedig konkurrieren.

Am Nebentisch saß eine Frau mit einem etwa vierjährigen Mädchen, vermutlich ihre Tochter. Die Mutter –

eine ausgesprochen modische Erscheinung mit halblangen blonden Haaren und einer Sonnenbrille mit großen, fast schwarzen Gläsern – blätterte gelangweilt in einer *Vogue*, die sie ab und zu auch als Wind spendenden Fächer benutzte. Die Kleine leckte an zwei roten Eiskugeln in einer Waffel. Dabei sang sie fröhlich vor sich hin. Was sie da interpretierte, war nicht ohne Weiteres erkennbar. Jedenfalls nicht für Beo und Enna, die mit Interesse ihre Bemühungen verfolgten, Eislecken und Gesang zu koordinieren. Das schien nicht ganz einfach zu sein, weil das Eis in der Mittagssonne ziemlich schnell dahinschmolz. Mehrere rote Kleckse waren bereits auf dem ansonsten blütenweißen Top der Kleinen gelandet. Aber die Mutter blickte nur einmal kurz auf und bemerkte: „Das macht nichts. Wird nachher gewaschen."

Beo blickte ein wenig verwundert, woraufhin Enna ihm ins Ohr flüsterte: „Wenn man mit so einer Handtasche unterwegs ist, dann reagiert man anders als das gemeine Volk!" Beo blickte nach unten und sah auf dem Boden, zwischen der Kleinen und ihrer Mutter, eine geöffnete beigebraune Tasche stehen, die er spontan „potthässlich und höchstens zum Gemüse-Einkaufen geeignet" fand. Enna klärte ihn flüsternd auf: „Das ist eine richtig teure Designertasche, eine Gucci, die kostet mindestens 700 Euro!"

„Oh!", flüsterte Beo beeindruckt zurück. „Ich würde damit aber trotzdem nur Kartoffeln transportieren."

„Banause!“, wies Enna ihn grinsend zurecht.

„Deine Designertasche aus Dinslaken finde ich jedenfalls besser. Und die war viel billiger.“

„Preiswerter“, korrigierte ihn Enna. „Du hattest daran aber auch was zu meckern, als ich die gekauft habe.“

„Ich kann mich nicht erinnern.“

„Ich umso besser. Du hast gesagt, die sähe aus wie ein Bündel getrockneter Tabakblätter!“

„Na ja, tut sie doch auch. Aber immer noch besser als dieser Gemüsebeutel.“

Der Gesang der Kleinen wurde jetzt lauter und ihr Eis immer glitschiger. Beo blickte zu der Mutter hinüber und versuchte, sie auf das drohende Unheil aufmerksam zu machen:

„Äh, junge Frau, Ihre Toch…“. Weiter kam er nicht. Ziemlich rüde wurde er angefahren:

„Junger Mann, lassen Sie das Kind in Ruhe! Wenn der Gesang Sie stört, dann setzen Sie sich doch woanders hin! Ist doch schön, wenn Kinder singen, hört man viel zu selten!“

Sprach's und vertiefte sich wieder in ihre Zeitung. Beo schob noch „Äh, aber, ich wollte doch nur …“ nach. Dann gab er auf.

Inzwischen nahm das Unheil – von der Mutter unbemerkt – seinen Lauf: Die Kleine machte vor Schreck über die Auseinandersetzung zwischen Beo und ihrer Mutter eine unkoordinierte Bewegung mit der Waffel, und die übrig gebliebene Eiskugel nutzte die Gelegenheit, Bekanntschaft mit der Gucci-Tasche zu machen. Die glitschige Masse beschrieb einen halbkreisförmigen Bogen und verschwand dann im Innern der Tasche, wo sie sich vermutlich inmitten der bei solchen Objekten üblichen Ansammlung von unentbehrlichen Utensilien ausbreitete. Kurz danach blickte die Mutter von ihrer Zeitung auf.

„Ah, Anna-Natalie, du bist fertig. Dann können wir ja gehen."

Sie klappte ihre *Vogue* zusammen, steckte sie ebenfalls in die Tasche, und verschwand mit Anna-Natalie.

Beo und Enna schienen das nicht mehr mitzubekommen. Sie schauten interessiert zur gegenüberliegenden Seite des Marktplatzes, wo die historische Weseler Rathausfassade – 555 Jahre nach ihrem ursprünglichen Bau und 65 Jahre nach der Zerstörung durch die Alliierten – wieder entstehen sollte. Die gesamte Baustelle war durch einen mannshohen Zaun und eine zusätzliche Plane abgesperrt, die die Sicht auf die Arbeiten verhinderte. Man konnte aber über dem Zaun das Haus Nr. 9 erkennen, das in den nächsten Monaten allmählich hinter der – in Anlehnung an alte Pläne und Fotos neu erstehenden – gotischen Fassade verschwinden würde.

Als die Kleine und ihre Mutter den Marktplatz verlassen hatten, brachen Beo und Enna in wieherndes Gelächter aus.

„Stell dir das Gesicht der guten Frau vor, wenn sie zu Hause ihre Handtasche aufmacht", japste Enna, als sie wieder einigermaßen sprechen konnte.

Beo reimte grinsend: „Die Gucci ist dann flutschi."
Und Enna ergänzte lachend: „Und die *Vogue* ook."

## Kumpanei

Am nächsten Morgen sprang Beo bestens gelaunt aus dem Bett. An diesem Tag gab es gleich zwei Gründe für ihn, sich zu freuen: Zum einen herrschte draußen das Sonnenhoch „Beowulf". Er betrachtete das herrliche Wetter als sein ganz persönliches Eigentum. Natürlich durften auch die übrigen, insbesondere alle netten, Zeitgenossen daran teilhaben. Aber schließlich hieß nur er Bengt Ole – abgekürzt Beo – Wulf. Dabei war er sich durchaus bewusst, dass der Name des aktuellen Sonnenhochs sich nicht auf ihn, sondern auf den Protagonisten des gleichnamigen angelsächsischen Heldenepos bezog. Das konnte seine gute Stimmung aber nicht mindern.

Außerdem sollte heute auf der Baustelle auf dem Großen Markt ein ganz besonderer Stein eingebaut werden: das Tympanon, ein geschmücktes Giebelfeld über dem Türsturz, unter dem sich später die Eingangstür zum Turm befinden würde.

Beo hatte die Auseinandersetzungen über Sinn oder Unsinn einer nachgebauten Rathausfassade von Anfang an mit Interesse verfolgt. In Wesel gab es zwei Lager: eines, das den Wiederaufbau eines verloren gegangenen Baudenkmals grundsätzlich ablehnte mit der Begründung: „Was kaputt ist, ist kaputt! Und durch einen Wiederaufbau kann nichts wirklich Neues entstehen." Die Anhänger des anderen Lagers sehnten sich nach einem Stückchen sichtbarer Geschichte in ihrer Heimatstadt, die zum Ende des Zweiten Weltkrieges fast völlig zerstört worden war. Später, beim Wiederaufbau der Innenstadt nach dem Krieg, hatten – mit Ausnahme des Willibrordi-Doms – mehr pragmatische Aspekte im Vordergrund gestanden.

Beo und Enna fanden den ganzen Großen Markt nicht besonders attraktiv; vor allem störten sie die deutlichen Stilunterschiede zwischen dem spätgotischen Dom und der modernen Glasfassade der gegenüberliegenden Bank. Auch die einheitlich gestaltete Trapp-Zeile auf der einen und die ziemlich heterogene Häuserreihe auf der anderen Längsseite des Platzes passten ihrer Ansicht nach nicht recht zusammen. Beo und Enna konnten sich deshalb die Rekonstruktion der spätgotisch-flämischen Rathausfassade als Blickfang sehr gut vorstellen. Und sie hatten mit einem kleinen Beitrag – im Rahmen ihrer Möglichkeiten – zur Realisierung des Projektes beigetragen. Damit befanden sie sich in guter Gesellschaft mit vielen Gleichgesinnten; unter ihnen auch einige Prominente wie Hanns Dieter Hüsch, Günther Jauch oder der rheinland-pfälzische Ministerpräsident Kurt Beck.

Bei der Grundsteinlegung war Beo auch dabei gewesen. Und seit dem Baubeginn hatte er sich regelmäßig über den Fortgang der Baumaßnahmen informiert. Ihn faszinierte auch der große Kran, mit dem die einzelnen vorbearbeiteten Steine millimetergenau von oben zwischen der Hausfassade und dem Baugerüst an ihren Bestimmungsort bugsiert wurden, per Funk-Fernsteuerung vom Gerüst aus. Bei einem seiner Besuche hatte er von dem Polier erfahren, dass der verwendete Sandstein aus der Eifel sehr empfindlich sei, und dass vor allem die Kanten und vorspringenden Teile leicht beschädigt werden konnten.

Heute war also das Tympanon an der Reihe, der erste große Schmuckstein in der allmählich wieder erstehenden Rathausfassade. Er sah aus wie ein flacher Giebel. In der Mitte war eine Schriftrolle eingearbeitet, auf der „RENOVAT ANNO 1740" zu lesen war, die also auf eine Renovierung der ursprünglichen Fassade im Jahre 1740 hinwies.

Es dauerte einige Zeit, bis der schwere Stein genau an der richtigen Stelle saß. Der natürlich anwesende Dombaumeister stellte schließlich fest: „Sitzt, passt, wackelt und hat Luft!", und ein rundes Dutzend Zuschauerinnen und Zuschauer applaudierte.

Beo machte später noch ein paar Fotos für seine Sammlung. Die übrigen Besucher waren inzwischen verschwunden. Auch die Arbeiter waren jetzt nicht mehr zu sehen. Doch dann setzte sich der Kran plötzlich in Bewegung. Das Stahlseil surrte und der Haken, an dem kurz vorher noch der Schmuckstein gehangen hatte, wurde nach oben gezogen. Beo hielt den Atem an. Er verstand das nicht: Auf der gesamten Baustelle schien er das einzige menschliche Wesen zu sein. Trotzdem bewegte sich der Kran!

Mit einem lauten Schnaufer atmete er dann wieder aus. Er glaubte nicht an Geister oder Heinzelmännchen. Das konnte nur einer der Arbeiter sein, der sich irgendwo versteckte. Aber warum? Beo wusste es nicht. Er schoss noch ein letztes Foto von der menschenleeren Baustelle und machte sich dann wieder auf den Heimweg.

## Alles paletti

Einige Wochen später war Frank Berger wie jeden Morgen sehr zeitig auf dem Großen Markt in Wesel unterwegs. Er machte seine tägliche Runde von Haus zu Haus und sorgte dafür, dass die Bewohner des Dom-Viertels schon beim Frühstück einen Blick in ihre Tageszeitung werfen konnten.

An manchen Tagen war der Kollege vom Konkurrenzblatt schneller. Das ärgerte Berger, weil er dann den insgeheim für sich ausgerufenen Wettbewerb „Schnellster Weseler Zeitungsbote“ an diesem Tag verloren hatte. Das ließ sein Ehrgeiz nicht zu.

Berger lief gerade um den mannshohen und mit Planen verhängten Bauzaun herum, der die kunstvolle Arbeit der Steinmetze an der historischen Rathausfassade vor neugierigen Blicken schützte. Die Handwerker waren um diese Zeit natürlich noch nicht da. Der Bauzaun schon. Deshalb musste Berger jeden Morgen im Karree mitten über den Großen Markt laufen, um vom Haus Nummer 11 zur Nummer 7 zu gelangen. Dabei warf er meistens einen kurzen Blick durch das Tor des Bauzauns, das nicht ganz zugehängt war und so den Blick auf die schon gesetzten Steinreihen freigab. Ab und zu schaute Berger auch hoch zum Ausleger des Baukrans, an dem manchmal eine Schubkarre oder andere Geräte hingen. Berger hatte solche Anhängsel auch schon auf anderen

Baustellen gesehen und sich gefragt, wozu diese – bevorzugt an Wochenenden – dort aufgehängt wurden. Um ihren Diebstahl zu verhindern? Eine plausiblere Antwort war ihm bisher nicht eingefallen.

In der Regel war es noch stockdunkel, wenn Berger zwischen 4 Uhr und 5.30 Uhr auf seiner morgendlichen Tour unterwegs war. Heute schien der Mond, der sich allerdings zeitweise hinter Wolken versteckte. Der Kranausleger hoch oben war trotzdem gut zu sehen. An dem Haken baumelte diesmal etwas Rechteckiges. Mehr war von unten nicht zu erkennen.

Berger hatte in der Zeitung gelesen, dass die aus einem Steinbruch in der Eifel stammenden Sandsteine bei einem Fachunternehmen in Weimar bearbeitet wurden, das langjährige Erfahrungen in Denkmalsanierung und –restaurierung hatte. „Steinmetz“, so lautete die Berufsbezeichnung der Mitarbeiter. Berger überlegte, wie wohl der korrekte Ausdruck für deren Tätigkeit hieß: steinmetzeln? Wenn das stimmte, dann würden die armen Steine gemetzelt und luftdicht verschnürt nach Wesel entführt, um hier Stück für Stück in dem Gesamtkunstwerk „Historische Rathausfassade“ zu verschwinden.

Berger musste grinsen. Die Fantasie war mal wieder mit ihm durchgegangen. Das passierte ihm öfter.

Im nächsten Augenblick schien der Mond ungehindert durch ein Wolkenloch, und die dunklen Konturen der Palette waren von unten deutlich erkennbar. Berger ging weiter. „Komisch“, murmelte er. Ihm war so, als hätte er für einen kurzen Moment an einer der Außenkanten der Palette etwas gesehen, was da nicht hingehörte, so etwas wie eine Hand, die ihm zuwinkte.

„Quatsch“, versuchte er sich selbst zu beruhigen. „Frank, du siehst Gespenster.“ Berger ertappte sich manchmal dabei, dass er auf seinem einsamen Weg mit sich selbst sprach und sich dabei mit seinem Vornamen anredete. Aber außer ihm und seinen Kollegen war um diese Zeit ja auch niemand unterwegs, mit dem er sich hätte unterhalten können. Er blickte noch einmal nach oben. Der Mond war wieder verschwunden und die Palette nur noch als viereckiges dunkles Etwas erkennbar.

„Alles paletti!“, sagte er und erschrak vor seiner eigenen, etwas rauen Stimme auf dem ansonsten totenstillen Platz. Dann wurde ihm sein unbeabsichtigtes Wortspiel bewusst: Palette und paletti! Er lachte laut und blieb einen Moment stehen, um die nächsten Zeitungen aus seinem kleinen Handkarren zu nehmen. In diesem Augenblick zog der Zeitungsbote von der Konkurrenz mit einem freundlichen „Moin, moin, Kollege! Heute so gut aufgelegt?“ an ihm vorbei.

## Ferngesteuert

Als der Polier Helge Wippert und sein Geselle Kain Kruse um kurz nach sieben auf ihrer Baustelle am Großen Markt ankamen, bemerkten sie zu ihrem Erstaunen, dass am Kran eine Palette hing, die da nicht hingehörte.

„Hast du die Palette da aufgehängt?“, fragte Wippert mit Blick nach oben. Die Antwort von Kruse, der am Vorabend als Letzter die Baustelle verlassen hatte, kam postwendend: „Nein!“

„Komisch“, meinte der Polier. „Die kommt doch nicht von selbst da hin.“ Dann blickte er noch einmal nach oben und traute seinen Augen nicht. Über eine der Längskanten der Palette ragte – von unten deutlich erkennbar – eine Hand.

„Siehst du auch, was ich sehe?“, fragte er.

„Ja, die Palette“, erwiderte der Geselle.

„Nein, die meine ich nicht. Sieh noch mal genau hin.“

„Ach, du meinst die Hand“, kam die lakonische Antwort des Gesellen.

„Ja, eine Hand. Findest du das normal?“

„Jedenfalls nicht aufregend. Vor ein paar Jahren hat schon mal jemand versucht, mich mit so einer Gummihand zu erschrecken. Die hing aus seinem Kofferraum und sah auch verblüffend echt aus.“

„Und jetzt willst du mich damit reinlegen?“

„Nein, will ich nicht. Ich war das nicht."

„Okay. Du warst es nicht. Ich war es auch nicht. Dann wollen wir uns das Ding mal aus der Nähe ansehen. Hol mal die Fernsteuerung."

Der Geselle kam kurz danach zurück: „Die ist weg!"

„Wer ist weg?"

„Die Fernsteuerung ist nicht da!"

„Das gibt's doch nicht!"

Inzwischen war ein leichter Wind aufgekommen, und die Palette über ihnen begann sich leicht zu bewegen. Die beiden starrten nach oben und beobachteten verwundert, dass sich die Hand bewegte. Es sah aus, als wenn sie ihnen zuwinkte. Und dann rutschte plötzlich ein ganzer Arm über die Kante der Palette und schaukelte im Wind.

Kruse meinte grinsend: „Besser arm dran als …"

„Lass deine blöden Witze!", wurde er von Wippert unterbrochen. „Ich glaube, das ist kein Scherz. Da liegt einer auf der Palette."

„Quatsch! Wie soll der denn da oben hingekommen sein?"

„Das weiß ich auch nicht. Starte mal den Kran von Hand. Ich sehe mir das Ganze inzwischen von oben an." Kruse verschwand in Richtung Kran. Wippert rannte zum Baugerüst, das links – dort, wo später der Turm der Historischen Rathausfassade entstehen sollte – bereits bis zur oberen Fensterreihe des Hauses Nr. 9 reichte, und kletterte, so schnell er konnte, nach oben. Als er dort angekommen war, stellte er fest, dass der Kranausleger mitsamt der daran hängenden Palette immer noch ein ganzes Stück über ihm schwebte. Er sah, dass die untere Fläche der Palette mit irgendwelchen pinkfarbenen Buchstaben beschriftet war. Lesen konnte er das aus seiner Perspektive nicht. Und was auf der Palette lag, konnte er ebenfalls nicht sehen.

„Ich kann nichts erkennen. Das ist zu hoch“, rief er nach unten.

Kruse hatte in der Zwischenzeit das Krangehäuse geöffnet und rief: „Jetzt müsste es gehen. Soll ich die Palette absenken?“

„Ja, aber ganz langsam. Und erst mal nur ein paar Meter.“

Man hörte das Surren des sich langsam abrollenden Stahlseils, und die Palette bewegte sich zentimeterweise nach unten. Als sie auf gleicher Höhe mit Wippert angekommen war, rief der: „Vorsichtig stopp!“

Das Surren hörte auf, und die Palette schaukelte langsam hin und her.

„Siehst du was?“, rief Kruse nach oben.

Es dauerte einen Moment. Dann kam die Antwort:

„Da liegt tatsächlich jemand drauf! Ein Mann! Er bewegt sich nicht! Lass mal ganz langsam runter. Ich komme auch.“

Der Polier war früher wieder unten als die Palette. Er war hinuntergerannt, so schnell er konnte, und beobachtete jetzt, wie der Geselle vorsichtig den Kran stoppte. Die Palette schwebte etwa einen Meter über dem Boden, auf dem überall in Folie verschweißte Pakete mit fertigen Steinen verteilt waren.

„Sieht aus wie ein Mann", stellte Kruse fest. „Wie ein nackter Mann. Wie ein eingerahmter toter nackter Mann."

Die Palette war auf der Oberseite mit einer schwarzen, an den Rändern festgetackerten Kunststofffolie bespannt. Rundherum lief ein etwa vier Zentimeter breiter ockerfarbener Rand. Auf der Palette lag ein völlig textilfreier, nur mit Sportschuhen und einer Armbanduhr bekleideter Mann, lang ausgestreckt auf dem Rücken, mit gespreizten Beinen und ausgebreiteten Armen. Er hatte eine sportliche Figur und ziemlich lange dunkle Haare. Der Anblick erinnerte Wippert spontan an eine Zeichnung von Leonardo da Vinci: die berühmte Proportionsstudie des „vitruvianischen Menschen". Die war Wippert während seiner Ausbildung zum Steinbildhauer ein paarmal begegnet, und er hatte sich mit der Theorie des „wohlgeformten Menschen", die ursprünglich von dem römischen Architekten Marcus Vitruvius Pollio stammte, eingehend beschäftigt. Vor Jahren hatte er sich sogar das Original der Tintenzeichnung von da Vinci in der „Gallerie dell' Academia" in Venedig angesehen. Und seit er im vergangenen Sommer im Urlaub in Italien gewesen war, trug er den „vitruvianischen Menschen“ auf der Rückseite einer italienischen 1-Euro-Münze immer bei sich.

Wippert wurde unsanft aus seinen Erinnerungen zurückgeholt.

„Helge! Hallo!“, rief Kruse laut und knuffte ihm in die Seite.

Wippert bemerkte jetzt, dass das, was er da sah, in Wirklichkeit wenig mit dem Ideal der da-Vinci-Zeichnung zu tun hatte: Die Palette war rechteckig statt quadratisch; der Kreis, der bei da Vinci den „wohlgeformten Menschen“ einrahmte, fehlte, und: Der Mann vor ihm lag nicht mittig auf der Palette. Vielmehr war er, vermutlich durch die Schaukelei am Kran, in Richtung einer der Längskanten verrutscht, über die nun sein linker Arm herabhing.

Wippert war jetzt wieder voll da: „Wir brauchen einen Arzt. Schnell! Ruf die 1-1-2!“, rief er.

Es dauerte nur ein paar Minuten, bis der Rettungswagen und der Notarzt an der Baustelle ankamen. Der Arzt stellte fest, dass der Mann auf der Palette tatsächlich tot war. Bei der dann folgenden ersten Leichenschau fielen ihm vor allem die schweren Kopfverletzungen auf.

„Kennen Sie den Mann?“, fragte er, an Wippert und Kruse gewandt.

„Nein", antwortete Wippert.

Kruse stimmte ihm zu: „Den habe ich auch noch nie gesehen." Dann fragte er: „Können wir ihn nicht zudecken?"

„Nein, auf keinen Fall! Das soll die Polizei machen. Ich kann hier nichts mehr tun."

Der Notarzt stellte den Totenschein aus und bescheinigte darin eine nicht natürliche Todesursache. Dann informierte er die Weseler Kripo und verschwand wieder – nicht ohne den dringenden Rat, nichts anzufassen oder zu verändern. Inzwischen hatten sich einige Neugierige um die Baustelle herum versammelt. Wippert und Kruse verschlossen den Eingang mit einem dafür vorgesehenen beweglichen Zaunstück. Dann warteten sie auf die Polizei.

## Ganz in Weiß

Die Spurensicherung war schon eine geraume Zeit tätig, als die Kriminalhauptkommissare Armin Brasche und Hans Lüdenkamp am Großen Markt auftauchten.

Brasche wandte sich an die drei Männer in Weiß, die zwischen den Sandsteinpaketen umherwuselten und ein bisschen wie Bergsteiger am Himalaja aussahen.

„Hallo Schneider. Was macht die SpuSi?", fragte er.

„Die SpuSi sichert Spuren."

„Ach was!"

„Jedenfalls hat sie das so lange getan, bis zwei offenbar schlecht gelaunte Kommissare am Tatort herumgetrampelt sind."

„Hauptkommissare! Wenn schon, denn schon!", korrigierte Lüdenkamp.

„Na gut", grinste Schneider.

„Und? Wie sieht's aus?", fragte Brasche.

„Der Tote ist tot", kam postwendend die Antwort.

„Geht's ein bisschen detaillierter?" Lüdenkamp klang ein wenig knurrig.

„Natürlich", sagte Schneider beschwichtigend. „Der Notarzt hat eine nicht natürliche Todesursache festgestellt. Und erhebliche Kopfverletzungen, die vermutlich ursächlich für den Tod sind."

„Wie und wo genau ist er gestorben?", wollte Brasche wissen.

„Mit ziemlicher Sicherheit nicht da oben auf der Palette."

„Oben auf der Palette?", fragte Brasche verwundert.

„Ja. Er baumelte da oben am Kran, als er entdeckt wurde."

„Wie kommt er jetzt nach hier unten?"

„Die Bauleute haben ihn heruntergeholt."

„Und wieso kann er nicht da oben gestorben sein?", fragte Lüdenkamp.

„Weil wir kaum Blut auf der Folie gefunden haben, auf der er liegt. Bei den schweren Verletzungen müsste das anders aussehen."

„Gibt's Hinweise auf Fremdverschulden?", fragte Brasche.

„Bis jetzt nicht."

„Aber der Tote kann sich doch nicht selbst da hingebeamt haben", wandte Brasche ein und blickte nach oben, wo der Kranhaken langsam hin und her schaukelte.

„Das müsst ihr rausfinden. Bis jetzt steht nur fest, dass er eine Funk-Fernbedienung für den Kran bei sich hatte."

Brasche grinste: „Hatte er die in der Tasche?"

Schneider ging auf seinen Scherz ein: „Hast du schon mal einem nackten Mann …?"

„Nein. Wo hatte er sie denn versteckt?"

„Als der Notarzt den Toten umgedreht hat, ist sie heruntergefallen. Er hatte sie anscheinend in der rechten Hand."

„Dann ist er doch allein nach oben gefahren? Suizid?"

„Nein, ganz bestimmt nicht. Seine Verletzungen kann er sich da oben kaum geholt haben. Und infolge der Schwere der Verletzungen kann er unmöglich selbst den Kran in Gang gesetzt haben, um nach oben zu fahren. Vermutlich ist er irgendwo hier unten gestorben."

„Sehr mysteriös", stellte Lüdenkamp fest. „Habt ihr Papiere oder Kleidung gefunden?"

„Weder noch."

Brasche fragte: „Gibt es Fingerabdrücke an der Palette?"

„Jede Menge! Aber auf der schwarzen Lackfolie ist das auch kein Wunder", antwortete Schneider. „Apropos Folie. Die beiden Handwerker, die den Toten entdeckt haben, haben gesagt, dass bei einer der Paletten mit fertigen Steinen die Folie fehlt. Und bei einem der Steine haben sie eine Beschädigung festgestellt."

Brasche und Lüdenkamp gingen zu Wippert und Kruse, die etwas verunsichert außerhalb der Baustelle auf einer Treppenstufe saßen.

„Kripo Wesel, Hauptkommissar Brasche. Mein Kollege, Hauptkommissar Lüdenkamp. Bitte erzählen Sie mal, was sich hier heute Morgen abgespielt hat."

Wippert und Kruse berichteten. Ab und zu stellten die beiden Kripo-Beamten ergänzende Fragen. „Was meinen Sie, wie der Tote nach da oben gekommen ist?" Das interessierte Brasche und Lüdenkamp besonders.

„Er muss die Fernbedienung geklaut haben und sich mit dem Kran gut auskennen. So ohne Weiteres kann man mit dem nicht herumspielen. Und die Fernbedienung ist auch ein anderes Kaliber als die kleinen Dinger, die man vom Fernsehen kennt."

„Das heißt, dass da ein Fachmann am Werk war?"

„Das glaube ich schon", antwortete Wippert.

„Gut. Der Tote oder jemand anderer hat also die Fernbedienung geklaut. Und wo ist sie wieder aufgetaucht?"

„Auf der Palette. Der Notarzt hat sie entdeckt."

„Waren Sie dabei?", fragte Lüdenkamp.

„Nein, aber wir konnten das von hier aus beobachten", antwortete Kruse.

**Turm-Verlies**

Brasche kehrte zu Schneider zurück. „Das mit der Fernbedienung ist merkwürdig", stellte er fest. „Der Tote kann aufgrund seiner Verletzungen nicht allein nach oben gefahren sein. Wozu hatte er dann die Fernbedienung?"

„Keine Ahnung! Vielleicht hat sie ihm jemand in die Hand gedrückt."

Brasche ging wieder zu Lüdenkamp und den beiden Steinmetzen.

„Kann man den Kran auch ohne Fernbedienung in Gang setzen?", fragte er.

„Ja sicher. Sonst hätten wir den Toten ja nicht nach hier unten bekommen."

„Wie geht das?"

„Das ist ganz einfach, wenn man sich auskennt und den Schlüssel zum Kran hat", sagte Kruse.

„Und wer hat den Schlüssel?"

„Helge, also der Polier, und ich."

„Sonst keiner?"

„Nein, außer uns beiden keiner."

„War der Kran offen, als Sie beide heute Morgen hier angekommen sind?", fragte Lüdenkamp.

„Nein, der war ordnungsgemäß verschlossen. Ich habe ihn erst aufgeschlossen, als wir gemerkt haben, dass die Fernbedienung weg war", antwortete Kruse.

„Die Fernbedienung wird also nicht im Kran aufbewahrt?", wollte Brasche wissen.

„Eigentlich schon. Aber wir deponieren sie meistens in einem Versteck in der Fassade. Das ist einfacher. Da müssen wir nicht jedes Mal den Kran auf- und zuschließen."

„Und das Versteck kannte keiner außer Ihnen beiden?"

„Nein, ganz sicher nicht!", meinte Wippert.

„Halten Sie es nicht für möglich, dass jemand Sie bei der Arbeit beobachtet hat?", wollte Lüdenkamp wissen.

„Das kann ich mir kaum vorstellen", meinte Kruse. „Hier laufen zwar jeden Tag einige Menschen über den Platz. Manche bleiben auch stehen und sehen sich die allmählich wachsende Fassade an. Aber das Versteck für die Fernbedienung ist von draußen – ich meine außerhalb der Baustelle – nicht zu sehen. Ich zeige Ihnen das mal."

Brasche und Lüdenkamp stapften hinter Kruse her, nachdem sie sich bei Schneider vergewissert hatten, dass sie nichts mehr zertrampeln konnten. Kruse führte sie zu einem kleinen zurückspringenden Raum am linken Rand der Fassade, wo später – als krönender Abschluss – der Turm entstehen sollte. Dort hielten sich die Arbeiter bei schlechterem Wetter in den Pausen auf. Dort aßen sie auch ihre Mahlzeiten. Und dort brachten sie tagsüber ihre persönlichen Gegenstände unter. Ganz unten in einer Ecke zeigte Kruse den Polizisten einen kaum sichtbaren Spalt im Fundament.

„Das ist unser Geheimfach", sagte er.

„Das ist von draußen ja tatsächlich nicht ohne Weiteres zu sehen", stellte Lüdenkamp fest. „Da müsste Sie schon jemand gezielt ausgespäht haben, um an die Fernsteuerung zu gelangen."

„Das sehe ich auch so", stimmte ihm Brasche zu.

„Ihr Kollege hat uns erzählt, dass etwas mit einer Palette nicht stimmt", sagte Lüdenkamp.

„Ja", antwortete Kruse. „Wir haben gestern die letzten Steine aus einer offenen Palette verarbeitet. Alle anderen waren noch verschweißt. Jetzt fehlt bei einer der obere Teil der Folie. Und bei einem der Steine ist eine Kante beschädigt. Das kann natürlich auch schon beim Transport hierhin passiert sein. Aber das wäre ungewöhnlich. Haben wir bis jetzt jedenfalls noch nicht gehabt. Und die Folie war gestern Abend auf jeden Fall noch vorhanden."

„Schwarze Folie wie auf der Palette mit dem Toten?", wollte Brasche wissen.

„Nein. Die Steine sind alle in durchsichtiger, farbloser Folie verschweißt."

„Gut. Vielen Dank. Halten Sie sich bitte zur Verfügung. Wenn wir weitere Fragen haben sollten, melden wir uns. Ach ja. Wegen Ihrer Fingerabdrücke: Kommen Sie doch bitte morgen Vormittag ins Kriminalkommissariat im Kreispolizeigebäude, Reeser Landstraße."

„Okay", sagte Wippert.

## Schlüsselfragen

Der Tote wurde abgeholt und in die Pathologie in Duisburg gebracht.

Die Arbeit der Spurensicherung ging weiter. Bisher hatte sie festgestellt, dass am Kran keine Einbruchsspuren festzustellen waren. Wenn die Angaben der beiden Steinmetze, dass es nur zwei Schlüssel gab, stimmten, dann musste der Kran auf andere Weise bewegt worden sein. Die beiden hatten jedenfalls ihre Schlüssel vorgewiesen und angegeben, sie in der Tatnacht jeweils bei sich in ihrer Pension aufbewahrt zu haben.

Die Palette konnte von der Baustelle stammen. Das war noch genauer festzustellen. Die aufgetackerte schwarze Folie dagegen stammte nach Angaben der beiden Handwerker ebenso wenig aus dem Baustellenbereich wie der kleine Karton mit den Tackerklammern, der neben der Palette lag.

Völlig rätselhaft war auch, woher die Schrift auf der Unterseite der Palette stammte, die schon beim Herunterfahren entdeckt worden war und jetzt – nach dem Abtransport des Toten – genauer unter die Lupe genommen wurde. In großen pinkfarbenen Buchstaben war da – ebenfalls auf einer schwarzen Folie – zu lesen:

**AKTION**
**ANTIFA**
**SSADE**

Lüdenkamp, der noch vor Ort war, wunderte sich: „Antifa? Das ist doch die Abkürzung für Antifaschismus und steht für linksradikale und autonome Gruppen, die Nationalismus und Rassismus bekämpfen. Von einer ‚Aktion Antifa' und einer Gruppe S-S-A-D-E habe ich hier in Wesel noch nie gehört."

„Ich auch nicht", stimmte ihm Schneider zu. „Es gibt natürlich auch hier bei uns Einzelpersonen und Gruppen, die sich gegen jede Art von Faschismus und Neonazismus aussprechen. Vor allem in den Schulen wird dieses Thema immer mal wieder aufgegriffen und diskutiert."

Lüdenkamp sagte: „Ich glaube, ich hab's. Wir haben die Buchstaben falsch getrennt. Das heißt ‚AKTION ANTI FASSADE' und richtet sich gegen den Bau der Rathausfassade."

„Du hast recht. Das macht Sinn. Vor allem hier direkt an der Fassaden-Baustelle. Aber eine so radikale Gruppe, die keine Hemmungen hat, jemanden umzubringen und an einen Kran zu hängen? Damit alle ihn sehen können? Das ist ja schlimmer als früher am Pranger. Das kann ich mir hier in Wesel nicht vorstellen."

„Wie der Bedauernswerte auf der Palette umgekommen ist, das wissen wir doch noch gar nicht."

„Stimmt, war auch nur eine Spekulation. Warten wir erst mal die Ermittlungsergebnisse ab."

## Frau Wirtin

Am nächsten Morgen tauchten Wippert und Kruse pünktlich um 9 Uhr im KK 11 auf. Lüdenkamp brachte sie zur Spurensicherung, wo ihnen die Fingerabdrücke abgenommen wurden. Dann meldeten sie sich wieder bei Lüdenkamp. Der nahm sie mit zu Brasche.

„Zwei Fragen habe ich an Sie", eröffnete Brasche das Gespräch. „Die erste: Wo waren Sie in der Nacht von Donnerstag auf Freitag?"

„Sie meinen die Nacht, in der der Mann ums Leben gekommen ist?", fragte Kruse.

„Ja. Genau die."

„Verdächtigen Sie uns?", fragte Wippert.

„Nein. Sonst hätten wir Sie schon über Ihre Rechte belehrt. Wir müssen Ihnen diese Frage stellen. Sie waren vor und nach der Tat am Tatort. Ihre Fingerabdrücke sind vermutlich am Tatort gesichert worden. Das wird unser Experte gleich feststellen. Damit gehören Sie automatisch zu dem Personenkreis, mit dem wir uns beschäftigen müssen."

„Na wunderbar!", stöhnte Kruse.

„Wenn Sie ein Alibi nachweisen können, sind Sie aus dem Schneider."

„Wir sind zusammen nach Feierabend, also etwa um 18 Uhr, in unsere Pension gegangen", berichtete Wippert. „Die liegt hier ganz in der Nähe. In der Goldstraße. Unsere Wirtin hatte schon ein paar Brote für uns vorbereitet. Das macht sie meistens. Die haben wir in aller Ruhe aufgegessen und eine Flasche Bier dazu getrunken."

„Und dann?", fragte Lüdenkamp.

„Dann haben wir ferngesehen. Um 20 Uhr die Tagesschau und danach …"

„Ja?"

„Weißt du noch, was es Donnerstagabend gab?", fragte Wippert, an Kruse gewandt.

„Warte mal. Ich glaube, da war der Tatort auf WDR."

„Das stimmt. Der hat bis 21.45 Uhr gedauert. Dann sind wir ins Bett gegangen und haben bis zum nächsten Morgen geschlafen. Nach unserer Arbeit sind wir meistens ziemlich müde. Da ist nichts mit langen Abenden."

„Gut. Kann das jemand bestätigen?", wollte Lüdenkamp wissen.

„Ja, ich denke, unsere Zimmerwirtin", sagte Kruse. „Die müsste zumindest wissen, wann wir nach Hause gekommen sind, und dass wir dann unsere Brote verputzt haben. Ferngesehen haben wir danach im Frühstücksraum. Da ist sie auch ein paarmal durchgelaufen."

Wippert ergänzte: „Aber ob die auch mitbekommen hat, wann wir ins Bett gegangen sind, weiß ich nicht. Und ob wir brav da drin geblieben sind, kann sie sicher auch nicht beschwören."

„Beschwören muss im Moment keiner irgendetwas. Im Gegenteil: Das klingt doch alles ganz plausibel, was Sie uns erzählt haben."

„Dann können wir ja wieder abmarschieren", meinte Wippert.

Brasche widersprach: „Moment! Ich habe Ihnen zwei Fragen angekündigt. Ist Ihnen in den letzten Tagen oder Wochen irgendjemand aufgefallen, der sich mehr als normal für Ihre Arbeit oder die Baustelle interessiert hat?"

„Da habe ich schon die ganze Zeit drüber nachgedacht", antwortete Kruse. „Theoretisch könnte das ja jeder sein, der an der Baustelle vorbeigekommen ist und uns bei der Arbeit gesehen hat. Das sind inzwischen wahrscheinlich Hunderte."

„Ich meine nicht die üblichen Neugierigen. Hat Ihnen jemand konkrete Fragen gestellt? Zu bestimmten Arbeitsabläufen? Oder zu dem Kran? Oder ob die Baustelle nachts bewacht ist?"

„Doch", sagte Wippert jetzt. „Da fällt mir etwas ein. Ein Typ ist öfter da gewesen. Der hat dann meistens ein paar Fotos gemacht. Und auch Fragen gestellt."

„Kann das vielleicht jemand von der Presse gewesen sein?", fragte Brasche.

„Das weiß ich nicht. Aber ich glaube es eher nicht."

„Warum nicht", wollte Lüdenkamp wissen.

„Weil die von der Presse immer in Rudeln kommen. Und nur zu bestimmten Anlässen."

„Zu was für Anlässen?"

„Na, zum Beispiel zum Baubeginn, als die untere Steinreihe ausgerichtet worden ist. Oder als das Tympanon gesetzt wurde."

„Das was?", fragte Brasche.

„Das Tympanon, der erste große Schmuckstein in der Fassade. Den können Sie links über der Öffnung sehen, wo demnächst mal die Tür zum Turm hinkommt. Oder als die Löwen-Ziersteine kamen."

„Das habe ich in der Zeitung gelesen", sagte Lüdenkamp. „Da sind zwei Löwen abgebildet, die das Wappen von Wesel halten."

„Ja, richtig. Das sind Steine, die besonders attraktiv sind. Das zieht dann jedes Mal die Pressemeute an."

Zu den Löwen fiel Lüdenkamp noch etwas ein: „Jemand von der ‚Bürgerinitiative Historisches Rathaus' hat dazu gesagt, die beiden Steine seien eine besondere Herausforderung für die Experten gewesen."

„Wieso das?", wollte Brasche wissen.

„Weil es keine genauen Pläne gab, nach denen man diese Figuren gestalten konnte. Deshalb hätten die Wiesel im Stadtwappen anfangs wie Windhunde ausgesehen."

„Das stimmt", bestätigte Wippert. „Ich war in Weimar bei der Entstehung der Wiesel dabei. Das war gar nicht so einfach und hat ziemlich lange gedauert. Man muss dabei beispielsweise die Perspektive der späteren Betrachter berücksichtigen. Deshalb macht es einen Unterschied, ob ein Zierstein weiter oben oder unten eingesetzt wird."

„Interessant", meinte Brasche. „Aber lassen Sie uns wieder zum Thema kommen. Der ‚Typ' – wie Sie sich ausgedrückt haben – war also bei den Presserudeln nicht dabei?"

„Nein. Der kam immer allein und an ganz normalen Tagen."

„Und der hat Ihnen Fragen gestellt?"

„Ja", bestätigte Wippert. „Beispielsweise nach dem Material, also nach der Herkunft des Sandsteins. Und wo die Steine bearbeitet worden sind. Und wie das mit dem Kran funktioniert."

Lüdenkamp wollte wissen: „Hat er auch nach der Funk-Fernbedienung gefragt?"

„Das weiß ich nicht mehr. Er wird sie aber gesehen haben. Wir haben ja ständig mit dem Teil hantiert. Jedes Mal, wenn wir einen neuen Stein brauchten."

„Gut. Können Sie den Mann beschreiben?"

„Ein ziemlicher Normalo. Ungefähr Mitte 30. 1,85 Meter groß. Schlank. Kurze dunkelblonde Haare. Kein Bart. Keine Brille. Blaue Jeanshose, braune Stiefel, schwarze Jacke mit der Rücken-Aufschrift ‚Reebok'. Spiegelreflex-Kamera mit mehreren Objektiven."

„Boh! Solche Beschreibungen würden wir uns immer wünschen“, stellte Lüdenkamp fest.

„Eine gute Beobachtungsgabe ist Voraussetzung für unseren Beruf“, erklärte Wippert. „Ohne das könnten wir einpacken. Dann gäbe es immer nur Windhunde statt Wiesel.“

## Unbemerkt

Enna las bei ihrem täglichen „Zeitungsdienst" natürlich auch über den Toten am Kran. Sofort griff sie zum Telefon, um Beo zu informieren, der wegen einer Recherche unterwegs war. Das konnte nicht bis mittags warten! Nach zweimaligem Klingeln meldet er sich:

„Ja?"

„Beo. Stell dir vor, was in der Zeitung steht!"

„Du wirst es mir gleich sagen."

„Ja. Vor der Fassade hing ein Mann am Kran!"

„Hä??"

„Auf dem Großen Markt. Da, wo die Rathausfassade gebaut wird."

„Ja?"

„Da haben sie einen Toten gefunden. Auf einer Palette. Am Kran."

„Und was machte der da?"

„Der hing da."

„Und wie kam der da hin?"

„Das weiß noch keiner. Und der war ganz nackt!"

„Unglaublich. Und was soll ich jetzt tun?"

„Gar nichts. Ich wollte dir das nur erzählen."

„Danke. Mord und Totschlag ist ja glücklicherweise nicht mein Metier. Aber die Spezis von der Kripo bekommen dann endlich mal wieder Arbeit."

Beo meinte Brasche und Lüdenkamp, mit denen er in mehreren früheren Fällen zu tun gehabt hatte und die er inzwischen zu seinen Freunden zählte.

Beo hatte noch etwa eine Stunde in Hamminkeln zu tun. Dann fuhr er zurück. Unterwegs fiel ihm ein, dass er in der Stadt anhalten konnte, um sich die Sache auf dem Großen Markt anzusehen. Er war sowieso schon ein paar Wochen nicht mehr da gewesen.

Beo parkte in der Ritterstraße und ging zu Fuß bis zum Großen Markt. Ab und zu tat es ihm ganz gut, ein paar Schritte zu laufen.

Die Baustelle vor der Fassade war mit Polizei-Absperrbändern markiert. Beo stellte sich auf einen Stein. So konnte er über den Zaun schauen. Er sah allerdings nichts Aufregendes. Auf dem Platz waren wie immer die in Folie verschweißten Steinpakete zu erkennen. Und auch die Fassade sah aus wie bei seinem letzten Besuch. Wahrscheinlich waren inzwischen ein paar Steine dazugekommen. Das würde er zu Hause feststellen, wenn er seine aktuellen Fotos mit den vorigen vergleichen würde. Das machte er jedes Mal, um den Fortschritt des Fassadenbaus zu verfolgen.

Offenbar wurde noch nicht wieder gearbeitet. Aber auf dem Baugerüst stand einer der Steinmetze und telefonierte. Er schien Beo gar nicht zu bemerken. Beo ließ sich Zeit. Er nutzte die Gelegenheit, die gesamte Baustelle – soweit er sie einsehen konnte – zu fotografieren. Dann hielt er in mehreren Bildern die Fassade fest: von unten nach oben und von links nach rechts. Die Schmucksteine – das Tympanon und die Löwensteine – nahm er sich gesondert vor. Auch den Steinmetz auf seinem Gerüst hielt er mit einem Tele-Foto fest. Beo brauchte mehrere unterschiedliche Objektive, und er ließ sich Zeit. Als er fertig war und sich umdrehte, um wieder zu seinem Auto zu gehen, standen zwei Männer vor ihm, die ihm den Weg versperrten.

„Wello, Kripo Wesel", sagte der eine. „Mein Kollege Matting. Wir bitten Sie, uns zum Kommissariat zu begleiten."

Beo war viel zu verdattert, um irgendetwas zu sagen. Stumm ging er ein paar Schritte. Dann sah er den Wagen, der um die Ecke hinter dem Bauzaun geparkt war. Einer der beiden Polizisten hielt ihm freundlich die Tür auf. Beo stieg ein, und dann wurde er zur Kreispolizeibehörde gefahren.

## Von der Rolle

In Wesel und Umgebung brodelte die Gerüchteküche, und natürlich berichteten auch die Tageszeitungen und die Anzeigen-Wochenblätter regelmäßig über den „Toten am Kran“. Die wildesten Geschichten kursierten; und besonders die Tatsache, dass der Tote völlig nackt war und weit und breit keine Kleidungsstücke oder andere persönliche Gegenstände gefunden worden waren, regte die Fantasie der Leserinnen und Leser an.

Die Bevölkerung war aufgefordert, zur Aufklärung des mysteriösen Falles beizutragen. Dazu wurde ein Porträtfoto des Toten veröffentlicht, und es wurde nach der Herkunft der schwarzen Folie gefragt, auf der er gefunden worden war.

Es dauerte nicht lange, da meldete sich die Verkäuferin eines Stoffladens. Sie konnte sich erinnern, vor wenigen Tagen ein Stück schwarzer Lackfolie von einer Rolle abgeschnitten zu haben. Die Kundin hatte angegeben, schon lange nach genau dieser Folie gesucht zu haben, und sie war ganz glücklich damit abgezogen.

Lüdenkamp suchte die Verkäuferin in dem Stoffladen auf. Er ließ sich den Ablauf noch einmal erzählen. Dann fragte er:

„Haben Sie noch mehr von der Folie?“

„Nein, das war der Rest.“

„Die Kundin wollte 4,40 Meter, und die waren noch genau auf der Rolle?“, hakte Lüdenkamp nach.

„Ja. Die 4,40 Meter musste ich aber noch genau in der Mitte durchschneiden. Es waren also zwei 2,20 Meter lange Folienstücke. Ein paar Zentimeter waren dann noch übrig. Die sind in der Restekiste gelandet.“

„Wo ist die?“

„Moment. Hier“, antwortete die Verkäuferin. Sie tauchte in der Kiste unter und kam dann mit einem Schnipsel von etwa 1,40 Meter mal 10 Zentimeter wieder zum Vorschein.

„Das ist es. Das ist genau die Folie!“

„Die muss ich mitnehmen“, sagte Lüdenkamp.

„Die schenke ich Ihnen. Wenn es der Wahrheitsfindung dient“, sagte die Verkäuferin.

„Hat die Kundin dieses Stück angefasst?“, fragte Lüdenkamp.

„Das weiß ich nicht. Auf jeden Fall das, was sie mitgenommen hat“, erwiderte die Verkäuferin.

„Na gut. Stellen wir das mal zurück. Können Sie Ihre Kundin beschreiben?“

„Ich bin nicht gut im Beschreiben von Personen“, sagte die Verkäuferin. „Aber vielleicht kann ich Ihnen trotzdem helfen. Mir ist nämlich aufgefallen, dass die Kundin genauso aussah wie Anna Wintour. Das habe ich sofort gedacht, als sie den Laden betreten hat.“

„Wie wer?“, fragte Lüdenkamp.

„Na, wie Anna Wintour. Das ist die Chefredakteurin der *Vogue*. Die stand kürzlich in der Zeitung, weil in der Mode-Branche zurzeit eine Kampagne gegen sie läuft: die ‚United Against Anna Wintour'-Kampagne. Irgendwelche Mode-Fuzzis versuchen anscheinend, die Wintour fertigzumachen."

„Ich habe noch nie von der Dame gehört", bemerkte Lüdenkamp.

„Vielleicht haben Sie den Film ‚Der Teufel trägt Prada' gesehen. Meryl Streep spielt darin eine Mode-Queen, deren Vorbild Anna Wintour gewesen sein soll."

„Aha. Aus dem Mode-Krieg wollen wir uns mal lieber heraushalten", schlug Lüdenkamp vor. „Wie sieht die Wintour denn nun aus?"

„Moment. Die Zeitung müsste noch da sein."

Es dauerte einen Moment. Dann kam die Verkäuferin mit einem Magazin zurück: „Hier, das ist sie."

Die Frau auf dem Foto trug eine blonde Pony-Frisur, hatte ihre Augen hinter einer großen dunklen Sonnenbrille versteckt und war flankiert von zwei Bodyguards.

„Und Sie sind sicher, dass Ihre Kundin so ähnlich aussieht?"

„Nicht nur so ähnlich. Das könnte ein Double sein."

**Leergut**

Brasche und Lüdenkamp hatten das gesamte Kriminalkommissariat 11 zusammengetrommelt. Alle saßen im Besprechungsraum und blickten auf eine große weiße Tafel, auf der die bisherigen Ermittlungsergebnisse zusammengestellt waren.

Brasche gab einen Überblick: „Wir haben es hier mit einem ziemlich mysteriösen Todesfall zu tun, bei dem momentan noch nicht einmal feststeht, ob es sich um Fremdeinwirkung oder Suizid handelt. Letzteres ist allerdings sehr unwahrscheinlich.

Der Tote – männlich, Mitte 30, Identität unbekannt – wurde auf der Baustelle auf dem Großen Markt gefunden. Auf einer Palette, die an einem Baukran hing."

Lüdenkamp zeigte auf die betreffenden Fotos.

„Wer die Palette an den Baukran gehängt hat, und wie der Tote auf die Palette gelangt ist, wissen wir nicht", fuhr Brasche fort. „Normalerweise wird der Kran mittels einer Funk-Fernbedienung gesteuert. Er ist aber auch von Hand bedienbar. Die Fernsteuerung befand sich auf der Palette. Der Tote hatte sie offenbar in der Hand."

„Das lässt doch darauf schließen, dass der Tote selbst den Kran bedient hat und sich dann da oben umgebracht hat", sagte Oberkommissar Achtel.

„Könnte man vermuten", erwiderte Lüdenkamp. „Der Pathologe hat aber festgestellt, dass der Tote an seinen schweren Kopfverletzungen gestorben ist. Ungefähr sechs Stunden, bevor er entdeckt wurde. Er ist nicht ganz sicher, ob der Tod schon unten oder erst oben am Kran eingetreten ist. Jedenfalls sind die Verletzungen so gravierend, dass der Tote unmöglich damit selbst noch die Fernsteuerung bedient haben kann."

Brasche übernahm: „Nun zu der Palette. Es handelt sich um eine der Doppel-Paletten, auf denen die in Weimar vorgefertigten Steine für die Rathaus-Fassade angeliefert werden. Die Palette ist 2 Meter lang und 1,20 Meter breit. Nach Angaben der Bauarbeiter werden leere Paletten zunächst innen am Bauzaun aufgestellt und dann bei der nächsten Anlieferung von Steinen zurückgegeben.

Zur Tatzeit sollen etwa fünf Paletten am Zaun gestanden haben. Der oder die Täter müssen sich eine davon genommen haben."

Lüdenkamp ergänzte: „Das Besondere an unserer Palette ist, dass sie oben und unten jeweils mit einer schwarzen Lackfolie bespannt ist. Die Folienstücke sind 2,20 Meter mal 1,40 Meter groß. Sie wurden an den Rändern festgetackert. Das Tackergerät – ein normales Baumarkt-Produkt – wurde am Tatort ebenso gefunden wie ein Karton mit Klammern."

„Jetzt wird es noch merkwürdiger", fuhr Brasche fort. „Die schwarze Folie ist auf beiden Seiten bemalt worden. Oben mit einem umlaufenden, etwa vier Zentimeter breiten ockerfarbenen Rand. Und unten mit einer

Beschriftung." Brasche zeigte auf ein Foto auf der weißen Tafel. „AKTION ANTI FASSADE. Da könnte eine Personengruppe dahinterstecken, der der Wiederaufbau der Historischen Rathausfassade nicht gefällt. Bisher ist eine solche Gruppe allerdings nicht in Erscheinung getreten."

„Vielleicht haben die im Verborgenen agiert und bereiten jetzt ihre Aktionen vor", meinte Achtel.

„Das könnte sein", sagte Brasche. „Aber halten wir uns zunächst mal an die Fakten. Das Foto des Toten ist veröffentlicht." Er zeigte auf das entsprechende Foto an der Wand. Dann fuhr er fort:

„Die Verkäuferin eines Stoffladens hat sich gemeldet. Bei ihr ist offenbar die schwarze Folie verkauft worden. Die Größe stimmt: zweimal 2,20 Meter mal 1,40 Meter. Und ein Rest, der sich noch in ihrem Laden befand, stammt von derselben Rolle wie die Folie auf der Palette."

„Wer hat die Folie gekauft?", fragte Achtel.

„Das wissen wir leider noch nicht. Die Verkäuferin hat uns aber ein Foto mitgegeben, auf dem – wie sie sagt – ein Double der Kundin abgebildet sei. Unser Experte ist schon dabei, daraus ein Fahndungsfoto zu basteln."

„Warum nehmen wir nicht das Foto?", fragte Achtel.

„Weil darauf eine Prominente abgebildet ist und wir uns keinen Ärger einhandeln wollen", erklärte Lüdenkamp.

Oberkommissar Ellenberg wollte wissen: „Was haben wir sonst noch?“

„Wir haben einen Verdächtigen, den wir aber noch nicht identifiziert haben. Er hat sich nach Angaben der Bauarbeiter mehr als die übrigen Neugierigen für die Arbeiten an der Fassade interessiert. Er ist regelmäßig an der Baustelle aufgetaucht, hat Fotos gemacht und gezielte Fragen gestellt.“

„Wissen wir, wer das ist?“, fragte Achtel.

„Noch nicht, aber in Kürze“, antwortete Lüdenkamp. „Wir hatten mit dem Polier vereinbart, dass er sich meldet, sobald der Verdächtige wieder auftaucht. Und er ist wieder aufgetaucht. Heute Morgen, kurz bevor wir uns hier versammelt haben. Der Gute ist schon einkassiert und unterwegs zu uns.“

„Das ist doch schon mal was!“, meinte Ellenberg.

## Nervensache

Es klopfte an Brasches Tür. „Ja?“

Kriminaloberkommissar Wello kam herein. „Wir haben den Mann vom Großen Markt. Er wartet draußen.“

„Okay. Dann bringt ihn mal rein.“

Wello ging hinaus und kam dann mit Beo wieder zurück.

„Beo?“, fragte Brasche verwundert. „Was machst du denn hier?“

Brasche winkte Wello zu, dass er nicht mehr gebraucht würde.

„Ich bin nicht ganz freiwillig hier. Diese Herren meinten, ich sollte mitkommen. Ihr hättet Sehnsucht nach mir“, antwortete Beo.

„Na, das haben sie bestimmt nicht gesagt. Aber im Ernst. Was soll das?“

„Das musst du mich nicht fragen. Ich habe meinen üblichen Besuch am Großen Markt gemacht, geguckt, wie weit die Fassade ist, und ein paar Fotos geschossen. Dann wollte ich nach Hause. Aber daran haben mich deine Freunde gehindert.“

„Das ist vermutlich ein Missverständnis. Du bist an der Baustelle dem Polier aufgefallen, weil du noch mehr genervt hast als all die anderen Neugierigen, die jeden Tag vor dem Zaun stehen und gaffen. Die Arbeiter kommen sich in ihrem abgezäunten Bereich wahrscheinlich vor wie Tiere im Zoo."

„Auf dem Baugerüst würden sich Affen anbieten", meinte Beo.

„Sei friedlich. Du bist noch nicht aus dem Schneider. Was hast du in der Nacht von Donnerstag auf Freitag gemacht?"

„Von Donnerstag auf Freitag?" Beo überlegte. Dann sagte er: „Da war ich in Frankfurt. Auf einem Kongress für Privatdetektive. Ich bin morgens hingefahren und am nächsten Vormittag, also Freitag, wieder zurück."

„Hat dich da jemand gesehen?"

„Ja, die rund 400 anderen Kongressteilnehmer."

„Das reicht nicht. Kann jemand bezeugen, dass du die ganze Zeit da gewesen bist?"

„Nein, vermutlich nicht. Aber am Donnerstagabend habe ich ein zweistündiges Referat gehalten. Ab 20 Uhr. Deswegen war ich überhaupt da. Anschließend bin ich mit zwei Kollegen und einer Kollegin ins Hotel gefahren. Und da haben wir uns noch ein paar Stunden in der Bar aufgehalten. Das müsste nachprüfbar sein."

„Okay", sagte Brasche. „Gehen wir mal davon aus, dass das stimmt. Wir müssen das natürlich nachprüfen."

„Das dürft ihr gerne."

„Was machst du sonst so?"

„Och, ich habe ganz gut zu tun. Kann mich nicht beschweren. Ansonsten genießen Enna und ich das schöne Wetter, wenn wir Zeit dazu haben."

„Das ist gut. Für heute war's das. Dann bis demnächst mal."

Beim Hinausgehen fiel Beos Blick auf ein Porträt, das auf Brasches Schreibtisch lag.

„Wer ist das denn?", fragte er interessiert.

„Diese Frau suchen wir im Zusammenhang mit dem Fassaden-Mord", erwiderte Brasche.

„Die habe ich schon gesehen."

„Wo?"

„Auf dem Großen Markt. Im Eis-Café."

„Du bist wohl nur noch auf dem Großen Markt anzutreffen!", bemerkte Brasche. „Du solltest dir da gleich ein Zimmer mieten. Also, wer ist das?"

„Das weiß ich nicht. Ich kenne die Frau nicht. Ich habe sie nur kürzlich gesehen, als Enna und ich Eis gegessen haben. Da saß sie am Nebentisch. Mit ihrer Tochter. Mehr weiß ich nicht."

„Wäre auch zu schön gewesen", stöhnte Brasche. Dann verschwand Beo.

### Kling Glöckchen

Am nächsten Abend, als Beo und Enna gemütlich bei einem Glas Rotwein in ihrem Häuschen in Obrighoven beisammensaßen, summte Enna eine Melodie vor sich hin, die sie schon seit ein paar Tagen nicht mehr aus dem Kopf bekam. Beo hatte ab und zu ein paar andere Liedanfänge dazwischengepfiffen, um einen Programmwechsel zu provozieren. Das hatte aber nichts genützt. Enna war immer wieder bei ihrem Ohrwurm gelandet. Doch plötzlich, wenige Minuten später, vernahm Beo eine andere Tonfolge.

„Glückwunsch! Du bist ja richtig vielseitig! Was summst du denn jetzt?“, fragte Beo sichtlich erfreut.

„Das Lied vom Glockenspiel.“

„Von welchem Glockenspiel?“

„Na, oben auf dem Dom. Das habe ich vorhin gehört, als ich den Wein gekauft habe.“

„Da hast du dieses Lied gehört?“ Beo klang ein bisschen ungläubig. „Was soll das denn sein?“

„Free as a bee“, kam Ennas Antwort. „Das ist von Lena.“

„Und das hast du vom Dom-Glockenspiel gehört? Das gibt's doch gar nicht!“

„Doch“, entgegnete Enna. „Genau das habe ich gehört!“ Sie summte noch einmal den Refrain.

„Das kann ich mir kaum vorstellen", sagte Beo. „Soweit ich weiß, sucht die Dom-Pfarrerin immer Kirchenlieder aus oder Volkslieder, die einen Bezug zur Jahreszeit haben. Ich glaube nicht, dass Lenas ‚Biene' in das Schema passt."

„Ich habe das aber wirklich gehört!"

„Glaube ich nicht!"

„Doch!"

„Glaube ich immer noch nicht!"

„Wetten, dass?"

„Okay. Wann warst du in der Stadt?"

„Um kurz vor zwölf kam ich aus dem Weinladen. Da bimmelte gerade das Glockenspiel."

„Ich schlage vor, dass wir uns morgen um 11.45 Uhr vorm Eiscafé auf dem Großen Markt treffen. Dann hören wir uns das Lied noch mal an. Die Liedfolge ist ja jeden Tag gleich. Immer mehrere Wochen lang."

„Gut."

„Wer verliert, muss ein Eis ausgeben. Einverstanden?"

„Einverstanden."

Am nächsten Morgen rief Beo als Erstes beim Gemeindeamt im Lutherhaus an. Er war sich ziemlich sicher, dass er die Wette gewinnen würde, und er wollte auf das Ergebnis nicht bis zum Nachmittag warten. Die Auskunft war eindeutig: Seit Ende Juni war vom Glockenspiel auf dem Dach des Willibrordi-Doms ein sommerliches Liedprogramm zu hören. Morgens um 9.59 Uhr „Geh aus mein Herz und suche Freud“. Mittags um 11.59 Uhr „Ännchen von Tharau ist's, die mir gefällt“. Nachmittags um 15.59 Uhr „Wer recht in Freuden wandern will“. Und zum Abschluss um 17.59 Uhr „Kein schöner Land in dieser Zeit“.

Von „Free as a bee“ keine Spur. Beo freute sich auf das wohlverdiente Eis, erzählte Enna aber noch nichts von seinen Recherchen.

Um 11.45 Uhr saßen die beiden an ihrem Stammplatz bei „La Gondola“. Auf der gegenüberliegenden Baustelle wurde wieder gearbeitet.

„Wir können ja schon mal bestellen. Hoffentlich hast du genug Geld mitgenommen“, frotzelte Beo.

„Ich werde mir heute einen extragroßen Eisbecher aussuchen, weil ich ja nicht bezahlen muss“, entgegnete Enna siegesgewiss.

Die Zeit bis 11.59 Uhr verging extrem langsam. Dann – endlich – wurden die Glocken auf dem Dom angeschlagen. Zuerst ein paar einzelne Töne, dann setzte eine zweite Stimme ein. Enna grinste und sang fröhlich mit:

*„Cause I'm free as a bee flying over the trees,*
*and all the summertime boys all looking at me.*
*And the world keeps on buzzing the sound of my heart,*
*going hmm hmm hmm,*
*and this is only the start."*

Beo guckte total geschockt. „Das gibt's doch nicht! ‚Ännchen von Tharau' habe ich ganz anders in Erinnerung!"

„Nix ‚Ännchen von Tharau'. Hier summen Lenas Bienen."

Es war klar, dass Beo bezahlen musste. Er gab sich aber noch nicht ganz geschlagen. „Ich habe heute Morgen beim Gemeindeamt angerufen und mir das aktuelle Glockenspielprogramm durchgeben lassen. Danach hätten wir jetzt ‚Ännchen von Tharau' hören müssen und nicht Lenas Hummelflug."

„Du kannst ja morgen früh noch mal anrufen und dich beschweren. Ich bin übrigens selbst erstaunt, dass das Glockenspiel auf unserem Dom  so einen aktuellen Popsong spielt. Aber ich habe Recht behalten. Du glaubst gar nicht, wir gut mir das Eis jetzt schmecken wird."

An den kommenden Tagen waren Beo und Enna mit zu vielen anderen Dingen beschäftigt, um sich um das Glockenspielprogramm kümmern zu können. Unter anderem fegte ein Orkan über den Niederrhein hinweg, der auch in Wesel seine Spuren hinterließ. Beo und Enna hatten rund um ihr Häuschen einiges aufzuräumen. So waren mehrere Dachpfannen zu Bruch gegangen, und Beo musste aufs Dach klettern, um die Lücken erst einmal provisorisch mit alten Ersatzpfannen aus der Garage zu schließen, bis einer der total ausgebuchten Dachdecker Zeit für sie haben würde.

Eine gute Woche später entdeckte Enna bei ihrem morgendlichen Zeitungsdienst folgende Notiz:

***Glockenspiel schweigt***
*Wesel. Seit dem Unwetter am vergangenen Mittwoch schweigt das Glockenspiel im Willibrordi-Dom. Ein Blitzeinschlag hat die elektronische Steuerung beschädigt. Wann die Glocken wieder zu hören sein werden, konnte nicht gesagt werden.*

Enna legte den Ausschnitt auf Beos Schreibtisch. Als der von einem Außentermin zurückkam, wählte er die Nummer des Gemeindeamtes und erkundigte sich nach dem Befinden des Glockenspiels. Ihm wurde erklärt, dass ein Blitzeinschlag die elektronische Steuerung getroffen habe und dass dadurch die Liedauswahl völlig durcheinandergeraten sei. Bei der Gelegenheit erfuhr er auch, dass diese Auswahl jeweils aus einem bereits vor

Jahren programmierten Repertoire von insgesamt 46 Liedern zusammengestellt würde.

„Dann können in dieser Auswahl eigentlich keine aktuellen Poptitel enthalten sein?", fragte Beo.

„Nein. Nur Kirchenlieder und Volkslieder", war die Antwort. „Theoretisch könnte das Repertoire jederzeit erweitert werden. Man müsste nur die neuen Lieder mit einem Keyboard einspielen. Das hat bisher aber noch niemand gemacht."

Beo hakte nach: „Und wie erklären Sie sich dann, dass meine Frau und ich vor ein paar Tagen ein Lied von Lena vom Dach des Domes gehört haben?"

„Meinen Sie diese Lena Meyer-Dingsbums? Das kann gar nicht sein. Da müssen Sie sich verhört haben."

„Aber wir sind ziemlich sicher, dass …"

„Was glauben Sie, was die Leute schon alles von unserem Glockenspiel gehört haben wollen. Vor allem an solchen Tagen, wenn der Wind mal etwas ungünstig steht, oder auch, wenn mehrere Glocken gleichzeitig angeschlagen werden …"

Beo bedankte sich höflich für die freundliche Auskunft und beendete das Gespräch. Als er wieder draußen war, murmelte er: „Beo, hier ist etwas nicht nur faul, sondern oberfaul!"

## Nuancen

Am nächsten Morgen stand das Bild in allen Zeitungen. Der Polizeizeichner hatte das Foto aus dem Magazin so verändert, dass man nicht mehr auf Anna Wintour schließen konnte. Er hatte sie in ein anderes Outfit gesteckt, und die beiden Bodyguards waren natürlich auch nicht mehr zu sehen. Enna entdeckte das Bild beim Frühstücken.

„Guck mal, Beo! Die Tussi mit der Tasche!"

„Welche Tussi mit welcher Tasche?", fragte Beo.

„Die vom Eisessen. Mit der Gucci-Tasche. Und dem kleinen Mädchen."

„Ach so. Ich habe Brasche schon erzählt, dass wir die gesehen haben. Aber das bringt ihn nicht weiter. Wir wissen ja nicht, wer die Frau ist."

„Stimmt."

Der Hinweis einer anderen Leserin, der um kurz vor Mittag beim KK 11 einging, war da schon hilfreicher. Die kannte die Frau auf dem Foto und konnte sogar deren Anschrift angeben: Frau Dr. Helen Echters, Xanten, Amselweg 40. Brasche und Lüdenkamp machten sich sofort auf den Weg. Sie hatten Glück. Helen Echters war zu Hause und öffnete ihnen die Tür.

Brasche kam gleich zur Sache: „Kriminalhauptkommissar Brasche. Mein Kollege, Hauptkommissar Lüdenkamp. Guten Tag, Frau Dr. Echters. Sie haben sicher von dem Toten am Kran in Wesel gehört. In dem Zusammenhang sind wir auf Ihre Spur gestoßen. Der Tote lag auf einer Palette, die mit einer schwarzen Folie bespannt war. Wir haben inzwischen ermittelt, dass Sie in einem Weseler Stoffladen eine solche Folie gekauft haben."

„Das ist richtig. Das ist noch gar nicht so lange her. Ich hatte eine ganze Zeit nach der Folie gesucht und war richtig froh, als ich genau die gefunden habe."

„Was heißt: Genau die?", fragte Lüdenkamp.

„Also, Folie ist nicht gleich Folie. Da gibt es unterschiedlichste Stärken und Qualitäten und Größen. Und dann das Wichtigste, die Farbe."

„Die Farbe? Die Folie war doch nur schwarz", wandte Brasche ein.

„Ja, aber was meinen Sie, wie viele unterschiedliche Schwarztöne es gibt."

„Ach ja?"

„Doch, doch. Dunkler und heller. Mal mehr nach anthrazit. Oder ganz intensiv schwarz."

Brasche und Lüdenkamp staunten. Lüdenkamp fragte dann: „Wäre das nicht eigentlich egal gewesen, welches Schwarz Sie auf die Palette getackert haben?"

„Auf die Palette?", kam die erstaunte Gegenfrage. Ich habe nichts auf eine Palette getackert!"

„Wofür haben Sie die Folie denn dann gekauft?"

Bis jetzt hatten sie in der Diele gestanden. Die Hausherrin öffnete eine Tür, und der Blick auf eine durchgestylte, völlig in Schwarz und Weiß eingerichtete Küche wurde frei. An einer Seite, unter einem Fenster, stand ein Tisch mit weißen Beinen, auf dem eine schwarze Lackfoliendecke lag.

„Da ist die Decke", sagte Helen Echters.

„Ja …, und die andere?", stammelte Brasche.

„Kommen Sie mit", forderte Helen Echters die beiden auf. Sie ging voran, zurück in die Diele, und von da aus in das Wohn- und Esszimmer, wie die Küche komplett in Schwarz und Weiß eingerichtet. An einer Seite stand ein Tisch mit weißen Beinen, auf dem eine schwarze Lackfoliendecke lag. Sechs weiße Stühle waren um ihn herum verteilt. Je zwei an den beiden Längsseiten und je einer an den Stirnseiten.

Brasche erholte sich als Erster: „Sie haben in dem Stoffladen zwei Stücke abschneiden lassen, die exakt 2,20 mal 1,40 Meter groß waren. Wozu diese genauen Maße?", fragte er.

„Weil meine Tischplatten 2 Meter lang und 1,20 Meter breit sind. Dann hängen die Decken an jeder Seite noch 10 Zentimeter über."

„Eine plausible Erklärung. Haben Sie außer den beiden Tischdecken noch mehr schwarze Folie gekauft?", fragte Lüdenkamp.

„Nein. Mehr brauchte ich nicht."

Lüdenkamp wollte wissen: „Warum sind Sie ganz in Schwarz und Weiß eingerichtet?“

„Ich mag diese unbunten Farben. Weil sie so rein sind. So klar und definitiv.“

„Aha“, sagte Brasche etwas zweifelnd. „Eine Frage noch, Frau Dr. Echters. Sie sind Ärztin?“

„Nein. Diplom-Psychologin.“

## Tippgeber

„Das gibt's doch gar nicht!", knurrte Lüdenkamp, als sie sich verabschiedet hatten und wieder in ihren Wagen stiegen. „Wir waren so nah dran. Und dann das!"

Lüdenkamp war genauso unzufrieden: „Ich war mir so sicher, dass die Psycho-Tante zumindest etwas mit unserem Fall zu hat. Aber das hat sich ja wohl in Luft aufgelöst. Übrigens, wie findest du denn die Einrichtung von Frau Doktor?"

„Also wenn du mich so fragst: äußerst gewöhnungsbedürftig! Wie kann man nur in einem so sterilen Umfeld wohnen. Alles nur schwarz und weiß! Sogar die Bilder und die Accessoires waren darauf abgestimmt."

„Ich habe aber einen pinken Punkt gesehen! Die Nase des Clowns auf dem Bild im Wohnzimmer. Da hat Frau Doktor nicht aufgepasst!"

„Das sollten wir ihr eigentlich sagen. Sollen wir noch mal umkehren?", fragte Brasche.

„Um Gottes willen! Nichts wie weg!"

„Lass uns noch mal zu dem Stoffladen fahren", schlug Brasche vor. „Vielleicht haben wir etwas übersehen. Oder der Verkäuferin fällt noch etwas ein."

„Gut. Das liegt sowieso auf dem Weg."

Eine Viertelstunde später parkte Lüdenkamp den Dienstwagen auf einem kleinen Parkplatz in der Nähe des Stoffladens. Die Verkäuferin erkannte sie sofort wieder.

„Na, waren Sie erfolgreich?", fragte sie.

„Leider nicht", erwiderte Lüdenkamp. „Wir haben zwar die Frau gefunden, die die Folie bei Ihnen gekauft hat. Aber die liegt brav bei ihr zu Hause als Decke auf den Tischen."

„Da ist sie auch besser aufgehoben als auf Paletten", meinte die Verkäuferin.

„Da haben Sie wohl recht", stimmte Brasche zu. „Haben Sie irgendeine Idee, wer noch solche Folie gekauft haben könnte? Haben Sie überhaupt noch mehr davon verkauft?"

„Das kann schon sein. Die Rolle war, wenn ich mich richtig erinnere, nicht mehr komplett. Wir bekommen auch Reste auf Rollen. Ich glaube, dass die schwarze Folie schon eine Zeit lang hier gelegen hat. Wer aber vor ‚Anna Wintour' etwas davon gekauft hat, das weiß ich beim besten Willen nicht mehr."

„Überlegen Sie noch einmal. Das ist für uns sehr wichtig", sagte Lüdenkamp. „Vielleicht fällt Ihnen doch noch etwas ein."

„Nein. Jedenfalls nicht, wer noch etwas davon gekauft hat. Aber die Kundin, die aussieht wie Anna Wintour, die hat etwas gesagt, als sie kam. Vielleicht ist das für Sie wichtig."

„Was hat sie gesagt?", fragte Brasche gespannt.

„Die ist hier hereingekommen und hat direkt nach der schwarzen Folie gefragt. Ich glaube, so: ‚Sie haben doch so eine schwarze Lackfolie. Ist davon noch etwas da?'"

„Die wusste also, dass es bei Ihnen die schwarze Folie gibt. Woher?", fragte Lüdenkamp.

„Ich weiß es nicht", antwortete die Verkäuferin.

„Ich habe diese Kundin vorher nie gesehen. Da bin ich ganz sicher. Und hinterher auch nicht mehr."

„Danke", sagte Brasche. „Sie haben uns sehr geholfen."

Die beiden verabschiedeten sich und stiegen ins Auto.

„Zurück?", fragte Lüdenkamp.

„Zurück!", antwortete Brasche.

Sie hatten wieder Glück. Die Psychologin wollte anscheinend gerade das Haus verlassen. Aber sie ging zusammen mit den beiden zurück in die Diele. Eine Zimmertür stand offen, die vorher geschlossen gewesen war. Sie konnten in den Raum blicken. Offenbar das Schlafzimmer. Und das war – Überraschung! – in schwarz und weiß eingerichtet und dekoriert. Nur die Tagesdecke auf dem schwarzen Doppelbett fiel total aus dem Rahmen: Sie war pinkfarben. Clownnasen-pink!

„Was kann ich für Sie tun, meine Herren?", fragte Helen Echters, sehr höflich und völlig unaufgeregt.

„Wir haben noch eine Frage", sagte Lüdenkamp. „Wie sind Sie auf den Stoffladen gekommen, bei dem Sie ihre schwarze Folie gekauft haben?"

„Ach, da bin ich schon oft vorbeigefahren. Und habe das Firmenschild gesehen. Und dann habe ich gedacht: Da schaust du mal rein."

„Also ganz zufällig", hakte Brasche nach. „Oder wussten Sie, dass Sie dort diese ganz bestimmte Folie finden würden?"

„Ja, das auch."

„Wie, das auch?"

„Ich hatte gehört, dass es da die ausgefallensten Stoffe gibt."

Lüdenkamp gab nicht nach: „Meinen Sie das mehr allgemein, oder speziell auf Ihre schwarze Folie bezogen?"

„Doch, schon mehr speziell. Ein Bekannter, der meinen Schwarz-Weiß-Fimmel kennt, hat mir den Tipp gegeben."

„Sie haben einen Schwarz-Weiß-Fimmel?"

„Na sicher! Aber das haben Sie doch bestimmt längst bemerkt."

„Lassen Sie uns nicht vom Thema abkommen", sagte Brasche. „Wer hat Ihnen welchen Tipp gegeben?"

„Ein Freund hat mir erzählt, dass er eine wundervolle schwarze Folie in dem Stoffladen gefunden hat."

„Hat der Freund auch einen Namen?"

„Ja sicher. Thomas Gottschall. Wie Gottschalk. Nur ohne k. Dafür mit zwei l."

„Wo wohnt der?"

„Irgendwo am Blumenkamper Weg."

„Und was hat der mit der Folie gemacht?", fragte Lüdenkamp.

„Thomas malt. Vermutlich wollte er die Folie als Untergrund benutzen. Er hat auch etwas von einer Aktion gemurmelt."

„Was für eine Aktion?", fragte Brasche.

„Das weiß ich nicht. Da müssen Sie ihn schon selbst fragen."

„Danke, Sie haben uns sehr geholfen. Auf Wiedersehen."

„Auf Wiedersehen."

Helen Echters hängte sich ihre Handtasche über die Schulter, griff nach ihrem Schlüsselbund und folgte den beiden nach draußen.

Brasche konnte es nicht lassen: „Eine wunderbare Tasche haben Sie da", sagte er. Beo hatte ihm ja schon über das ausgefallene Exemplar berichtet.

„Ja, das ist eine Gucci. Ich liebe Gucci-Taschen. Man gönnt sich ja sonst nichts."

„Das ist ja ein wahres Schmuckstück!“, sagte Lüdenkamp. Er und Brasche warfen einen letzten bewundernden Blick auf die Tasche. Dann stiegen sie schnell in ihren Wagen.

**Aufgepasst**

Beo klopfte noch einmal beim Gemeindeamt im Lutherhaus an. Dort war man etwas zugänglicher als beim ersten Mal. Ja, man habe inzwischen auch gemerkt, dass mit dem Glockenspiel etwas nicht stimme. Ein Lied habe sich irgendwie dazwischengemogelt, das da nicht hingehöre.

Normalerweise sei das Glockenspiel so programmiert, dass es jeden Tag viermal spiele: jeweils pünktlich um eine Minute vor 10, 12, 16 und 18 Uhr. Davor, dazwischen und danach sei das Glockenspiel nicht zu hören. Das sei irgendwann so festgelegt worden, und es gebe keinen Grund, das zu ändern.

Zurzeit seien folgende vier Lieder programmiert: „Geh aus mein Herz und suche Freud", „Ännchen von Tharau", „Wer recht in Freuden wandern will" und „Kein schöner Land in dieser Zeit".

Vor ein paar Tagen sei nun plötzlich um 12 Uhr statt des vorgesehenen „Ännchen von Tharau" ein ganz anderes Lied erklungen. Das sei zuerst gar nicht aufgefallen. Dann hätten aber mehrere Anrufer auf diesen Umstand hingewiesen.

„Da war ich auch dabei", sagte Beo. „Und ich bin ziemlich abgebügelt worden." Er klang etwas verärgert.

„Das tut mir leid", sagte die freundliche Dame im Gemeindeamt. „Wir konnten das zuerst gar nicht glauben. Dann haben wir uns die Sache vor Ort angehört. Seitdem suchen wir nach der Ursache."

„Und die Begründung mit dem Blitzschlag? Das stand doch in der Zeitung", fragte Beo.

„Nun ja, das war ein glückliches Zusammentreffen. Wir konnten keinen plausibleren Grund nennen, warum das Glockenspiel ein paar Tage lang falsch beziehungsweise gar nicht spielte. Tut mir leid."

„Haben Sie denn den Fehler inzwischen gefunden?", wollte Beo wissen.

„Es gab gar keinen Fehler. Das System ist vollkommen in Ordnung. Aber offenbar hat jemand die elektronische Steuerung des Glockenspiels manipuliert. Statt ‚Ännchen von Tharau' hat er für 12 Uhr ein ganz anderes Lied eingegeben, das gar nicht zu unserer Auswahlliste gehört. ‚Ännchen von Tharau' war dafür um 14 Uhr zu hören. Und die beiden nachfolgenden Lieder kamen um 16 und 18 Uhr."

„Also fünf Lieder statt vier?"

„Ja."

„Ist das mit dem Manipulieren denn so einfach? Und kann jeder im Dom herumklettern, ohne dass das einer merkt?"

„Nein. Das ist sogar ziemlich kompliziert. Und: Der Dom ist nur zu bestimmten Zeiten zugänglich. Dann ist jemand da, der aufpasst. Und nach oben kommt man sowieso nur unter Aufsicht."

„Was haben Sie denn inzwischen unternommen?“

„Wir haben Strafanzeige gegen Unbekannt gestellt und den Kundendienst benachrichtigt.“

„War der schon da?“

„Ja, aber nur ganz kurz. Der Techniker hat sich die Sache angesehen und zugesagt, dass er in Kürze wiederkommt. Die haben im Moment wegen der Unwetterschäden wohl viel zu tun.“

„Das kann ich mir vorstellen“, sagte Beo. Dann fragte er:

„Könnte ich mir das da oben mal ansehen?“

„Wozu?“, kam die prompte Gegenfrage.

„Der Fall interessiert mich. Ich bin Privatdetektiv und habe oft mit Werkspionage und solchen Dingen zu tun. Es würde mich reizen herauszufinden, wer sich da am Dom-Glockenspiel zu schaffen gemacht hat.“

„Wir können das aber bestimmt nicht bezahlen.“

„Das brauchen Sie auch nicht. Ich würde es unentgeltlich machen.“

„Das klingt gut. Aber ich muss bei meinen Vorgesetzten nachfragen. Wenn Sie mir Ihre Telefonnummer hierlassen, gebe ich Ihnen Bescheid.“

„Okay. Ich würde das wirklich gern machen. Ich warte auf Ihre Nachricht.“

Es dauerte nur ein paar Tage, bis die Mitarbeiterin vom Gemeindeamt sich meldete. Sie teilte mit, dass man Beos ehrenamtlichen Einsatz grundsätzlich für denkbar halte. Ein paar Aspekte seien allerdings vorher noch zu klären. Beo wurde deshalb zu einem Gespräch mit der Dom-Pfarrerin, dem Organisten und dem Küster eingeladen.

Das Gespräch fand schon zwei Tage später statt. Beo wurde zunächst eingehend nach seinen Motiven befragt. Warum er sich kostenlos in den Dienst der Kirche stellen wolle? Beo nannte zwei Gründe: Als Privatdetektiv reize ihn erstens die Aufklärung dieses kompliziert erscheinenden Falles. Und zweitens sei er seit Jahren in der Drevenacker Dorfkirche nebenberuflich als Organist tätig. Von daher habe er eine Affinität zur Kirche an sich und als Weseler Bürger zum heimischen Dom im Besonderen.

„Haben Sie eine Ausbildung als Kirchenmusiker?“, fragte der Domorganist.

„Ja. Aber nur die C-Prüfung als nebenberuflicher Kirchenmusiker.“

„Das ist doch ausgezeichnet. Wenn wir uns einig werden, könnten Sie hier an unserer Marcussen-Orgel üben und vielleicht sogar hin und wieder einen Gottesdienst übernehmen. Dann würde es kaum auffallen, wenn Sie im Dom ein- und ausgehen.“

„Hervorragende Idee“, meinte auch die Pfarrerin. „Das Ganze müsste natürlich gut abgestimmt werden, damit die Gottesdienste und Konzerte nicht gestört werden.“

„Das dürfte kein Problem sein“, sagte Beo. „Sie haben doch bestimmt Zeit- und Ablaufpläne, nach denen ich mich richten kann.“

„Ja sicher“, bestätigte die Pfarrerin.

Die vier wurden sich einig.

## Viel Betrieb

Brasche und Lüdenkamp machten sich auf den Weg zu Thomas Gottschall. Sie hatten schnell seine Telefonnummer herausgefunden und ihren Besuch angekündigt. Eine relativ junge Stimme hatte gefragt, worum es denn gehe. Die Antwort – er solle im Zusammenhang mit dem Toten am Kran auf dem Großen Platz befragt werden – schien ihn nicht zu beunruhigen. Er sei zu Hause anzutreffen.

Die beiden Kriminalhauptkommissare klingelten, ein Summer ertönte und die Tür sprang auf. Gottschall erwartete sie in der Diele.

„Guten Tag, meine Herren. Was kann ich für Sie tun?"

Gottschall war etwa 30 Jahre alt, eher klein und leicht korpulent. Seine schulterlangen mittelblonden Haare hatte er zu einem Pferdeschwanz zusammengebunden.

„Hauptkommissar Brasche. Das ist mein Kollege, Hauptkommissar Lüdenkamp. Es geht um den Todesfall auf dem Großen Markt. Sie haben sicher davon gehört", begann Brasche.

Gottschall führte sie ins Wohnzimmer.

„Damit habe ich nichts zu tun. Aber auch gar nichts", sagte er dann.

„Wir müssen in alle Richtungen ermitteln", sagte Lüdenkamp. „Dabei sind wir auch auf Sie aufmerksam geworden. Der Tote ist auf einer Palette gefunden worden, die mit einer schwarzen Lackfolie bespannt war. Unsere Ermittlungen haben nun ergeben, dass Sie vor Kurzem genauso eine Folie gekauft haben."

„Ich weiß nicht, auf was für einer Folie der Tote gelegen hat. Aber ich habe verschiedene Lackfolien gekauft, auch eine schwarze. Das stimmt."

„Was haben Sie damit gemacht?", wollte Brasche wissen.

„Ich male und experimentiere seit einiger Zeit mit verschiedensten Untergründen. Kork, Glas, Beton, alles Mögliche. Und eben auch mit Lackfolien."

„Ich wiederhole meine Frage: Was haben Sie mit der schwarzen Folie gemacht?", fragte Brasche noch einmal.

„Das weiß ich nicht mehr", antwortete Gottschall. „Manche Materialien waren ganz interessant und vielversprechend. Damit mache ich weiter. Anderes habe ich aussortiert, weil die Ergebnisse nicht zufriedenstellend waren."

„Und die schwarze Lackfolie?", hakte Lüdenkamp jetzt nach.

„Ich weiß es nicht. Vermutlich ist die längst auf dem Müll gelandet."

„Herr Gottschall. Unsere Experten haben auf der Folie diverse Fingerabdrücke gefunden. Die werden auch mit Ihren verglichen. Falls sich herausstellen sollte, dass da eine Übereinstimmung besteht, sieht es schlecht für Sie aus. Deshalb mein gut gemeinter Rat: Wenn Sie es für möglich halten, dass Ihre Fingerabdrücke auf der Folie gefunden werden, dann sollten Sie das am besten schon jetzt sagen."

„Ja, also…, Sie bekommen es ja doch heraus." Gottschalls Stimme war auf einmal ganz leise. „Es ist so: Ich habe die schwarze Folie zwar bemalt. Aber nicht mit Bildern."

„Sondern?", fragte Brasche.

„Ich gehöre zu einer kleinen Gruppe von Weselern, die der Rekonstruktion der Historischen Rathausfassade kritisch gegenüberstehen. Wir treffen uns seit ein paar Monaten regelmäßig und überlegen, wie wir die Fassade verhindern können."

„Aber die ist doch längst im Bau", erwiderte Lüdenkamp.

„Ja, das stimmt schon. Aber die Vorbereitungen auf unsere geplanten Aktionen haben viel länger gedauert, als wir uns das vorgestellt hatten. Am Anfang wollten wir einfach nur Stimmung gegen den Wiederaufbau verbreiten. Die Weseler sind aber zu träge. Die verstehen uns einfach nicht."

„Ja, und jetzt?", fragte Brasche.

„Jetzt haben wir uns entschlossen, an möglichst vielen Stellen deutlich zu machen, dass die Rekonstruktion blödsinnig ist und viel zu viel Geld kostet."

Lüdenkamp wandte ein: „Aber das Geld ist doch überwiegend aus Spenden zusammengekommen. Und offenbar freuen sich immer mehr Weseler auf die Fertigstellung der Fassade."

„Davon dürfen wir uns nicht irritieren lassen. Das Volk ist einfach zu dumm, um das richtig beurteilen zu können. Die Fassade ist doch nichts Echtes. Da könnte man auch ein Bild auf Pappe malen und davorhängen. Das wäre dasselbe Ergebnis. Nur viel billiger."

„Na gut", sagte Brasche. „Lassen wir das mal dahingestellt sein. Was ist denn jetzt mit Ihrer schwarzen Folie passiert?"

Gottschall druckste einen Moment herum. Dann sagte er: „Wir haben uns ein Logo für unsere Aktionen überlegt: AKTION ANTIFA SSADE. Das sollte in einer möglichst auffallenden Farbe auf einen schwarzen Untergrund gemalt werden. Nach einigen Versuchen haben wir festgestellt, dass pink auf schwarz am besten aussieht."

„Und dann?"

„Dann haben wir nach einem geeigneten Untergrund gesucht. Das Ganze sollte ja überall aufgestellt werden. Und da haben wir gemerkt, dass geeignete Bretter oder Tafeln ganz schön teuer sind. Das können wir nicht bezahlen."

„Deshalb haben Sie Baupaletten benutzt", vermutete Brasche.

„Ja, aber nur eine. Sie haben uns leider schon gleich nach dem ersten Versuch erwischt."

„Wie sind Sie auf die Idee mit den Paletten gekommen?"

„Wir haben die Baustelle auf dem Großen Markt regelmäßig beobachtet. Dabei sind uns die Paletten aufgefallen, die für unseren Zweck gut geeignet erschienen, und die sowieso keiner mehr braucht."

Lüdenkamp fragte: „Ihnen war nicht klar, dass Sie einen Diebstahl begangen haben? Im Übrigen werden die Paletten zurückgegeben und wieder verwendet."

„Oh, das haben wir nicht gewusst."

„Wie auch immer. Sie haben also Ihre Folie auf die Palette getackert und dann das Logo daraufgepinselt", vermutete Brasche.

„Umgekehrt", korrigierte Gottschall. „Zuerst zu Hause gepinselt und dann auf der Baustelle getackert. Die Palette war nämlich viel schwerer, als wir uns das vorgestellt hatten. Die haben wir zu zweit nicht über den Zaun bekommen."

„Zu zweit?", fragte Brasche.

„Ja. Mein Freund war auch dabei."

„Hat der Freund auch einen Namen?"

„Ja. Er heißt Uwe Ganter."

„Aha." Brasche machte sich eine Notiz. Dann fuhr er fort: „Mit dem beschäftigen wir uns später." Und an Gottschall gewandt: „Sie haben also zu zweit die Folie auf die Palette getackert. Wie wollten Sie sie denn überhaupt nach draußen bekommen? In der abgeschirmten Baustelle nützten Ihre Parolen doch wenig?", fragte Lüdenkamp.

„Später sollten noch zwei weitere Freunde dazukommen. Die wollten wir benachrichtigen, wenn unser Schild fertig war."

„Und? Haben Sie die benachrichtigt?"

„Nein. Soweit sind wir ja nicht gekommen."

„Wieso nicht?"

„Weil ausgerechnet in der Nacht ein ausgesprochener Betrieb auf der Baustelle herrschte."

„Was für ein Betrieb?"

„Da kamen am laufenden Band welche und störten uns bei der Arbeit."

„Welche? Wen meinen Sie damit?", fragte Brasche.

„Ja, irgendwelche eben. Die kannten wir nicht."

„Gut. Darauf kommen wir noch zurück", sagte Lüdenkamp. „Wie weit sind Sie denn mit Ihrer Palette gekommen?"

„Die eine Seite war fertig. Die Seite mit dem Logo."

„Hat Ihr Logo eigentlich etwas mit Antifaschismus zu tun?", wollte Lüdenkamp wissen.

„Sie meinen, wegen ANTIFA?", fragte Gottschall zurück.

„Ja."

„Nein, nicht wirklich. Wir haben nur die beiden Wörter ANTI und FASSADE etwas unüblich getrennt, weil das mehr auffällt. Damit die Leute endlich ins Grübeln kommen."

„Aha", sagte Brasche. „Das wissen wir jetzt also. Aber was ist mit der anderen Seite der Palette?"

„Da wollten wir draufschreiben, was die Fassade kostet. Und dass sich das wahrscheinlich noch verdoppelt, bis der Bau fertig ist. Das ist ja immer so bei öffentlichen Aufträgen."

„Aber das ist doch kein öffentlicher Auftrag. Da steht doch eine Stiftung dahinter, die auch für eventuelle Mehrkosten bürgt", wandte Lüdenkamp ein.

Brasche wiederholte seine Frage: „Was ist denn jetzt mit der anderen Palettenseite?"

„Da habe ich nur noch einen Rand aufgemalt. Den übrigen Text hatten wir mit dem Computer gesetzt und ausgedruckt. Das wollten wir zum Schluss aufkleben. Dann hätten wir die Paletten immer wieder mit unterschiedlichen Texten verwenden können."

„Paletten? Mehrzahl?", fragte Brasche.

„Ja sicher! Die eine war nur als Muster gedacht. Wir haben doch beobachtet, dass im Lauf der Zeit immer mehr Paletten angeliefert wurden und dann einsam am Zaun standen."

„Und auf Sie warteten. Der Tote war also Ihr Freund oder einer Ihrer Freunde?“, fragte Brasche plötzlich ohne Überleitung.

Gottschall war anscheinend völlig verdattert. Es dauerte ein paar Sekunden, bis er „Der doch nicht!“, krächzte. „Den kenne ich gar nicht! Mit dem haben wir nichts zu tun!“

„Na, das wird sich ja herausstellen“, sagte Lüdenkamp. „Kommen Sie morgen früh ins Polizeigebäude, Kommissariat 11. Dann sehen wir weiter.“

Nachdem sich die beiden Polizeibeamten kurz im Wohnzimmer umgesehen und zu ihrer Beruhigung festgestellt hatten, dass in diesem Haus normale Farben vorherrschten, verabschiedeten sie sich von Gottschall und fuhren davon.

## Organismus

Beo machte im Dom als Erstes gemeinsam mit dem Küster eine Besichtigungstour. Die begann unten in dem großen Kirchenschiff, in dem er schon oft bei Veranstaltungen gesessen hatte. Das waren nicht nur sakrale Konzerte gewesen. Der wunderbare Bau bot auch eine hervorragende Kulisse für alle möglichen Künstler.

Die große Marcussen-Orgel mit ihren 56 Registern und mehr als 4.600 Pfeifen hatte Beo bisher ebenfalls nur als Zuhörer genießen können. Und er hätte sich kaum vorstellen können, jemals selbst auf der Orgelbank zu sitzen. Das durfte er jetzt mit offizieller Genehmigung. Er hatte sogar eine Bescheinigung griffbereit in der Tasche, die ihn als „Aushilfsorganisten im Weseler Willibrordi-Dom" auswies, für den Fall, dass jemand dumme Fragen stellen sollte.

Sie durchquerten die Heresbach-Kapelle, in der manchmal kleinere Veranstaltungen stattfanden: Konzerte, aber auch Lesungen und manchmal sogar Kabarettabende.

Dann ging es nach oben zum Dachreiter. Der Küster zeigte Beo die 25 Glocken und den Schaltkasten, in dem sich die Programmierung für das Glockenspiel verbarg.

„Hier schlägt sozusagen das Herz des Glockenspiels", sagte der Küster in einem ganz ehrfürchtigen Ton. „Hier ist alles festgelegt: die Liedfolge, die Arrangements der Lieder und die Zeiten, zu denen sie erklingen sollen."

„Das Herz ist anscheinend kürzlich ins Stottern gekommen", stellte Beo fest.

„Ja. Unglaublich", meinte der Küster. „Das haben wir in den vielen Jahren noch nie erlebt. Da hat sich offenbar jemand nach hier oben geschlichen und Hand angelegt."

„Welch frevelhafte Tat", stellte Beo fest. „Hoffentlich erwischen wir den Knaben."

Die beiden überlegten gemeinsam, wo die Überwachungskamera am Sinnvollsten zu platzieren wäre, die Beo aus seinem Bestand mitgebracht hatte. Der Altarraum und damit auch das dahinterliegende Mittelschiff wurde sowieso von einer Kamera erfasst, deren Bilder auf einem kleinen Bildschirm über der Orgelbank zu sehen waren. Sie diente normalerweise dazu, den Organisten immer über den Stand des Gottesdienstes zu informieren. Der Pfarrer oder die Pfarrerin konnte ihm über diese Kamera auch vorher vereinbarte Zeichen geben.

Beo setzte sich nach Beendigung des Rundgangs an die Orgel und spielte einen seiner Lieblings-Choräle. Natürlich von Johann Sebastian Bach, den er von allen großen Komponisten am meisten verehrte. Für diesen Choral brauchte er keine Noten. Er hatte ihn schon oft gespielt – während seiner Ausbildung als Kirchenmusiker, dann später in der Drevenacker Dorfkirche und zu

Hause auf seiner mit einem Vollpedal ausgestatteten Hammond-Orgel –, dass er dieses wunderbare Stück mit geschlossenen Augen auswendig interpretieren konnte.

„Eine herrliche Komposition, nicht wahr", fragte jemand hinter ihm, als er den Choral beendet hatte. Beo hatte gar nicht bemerkt, dass der Domorganist dazugekommen war.

„Ja, wunderbar. Mein Bach-Favorit", antwortete Beo.

„Lassen Sie uns mal ein vierhändiges Stück spielen", schlug der Organist vor. „Sie dürfen es aussuchen."

Beo wählte aus einem Heft mit vierhändigen Stücken verschiedener Komponisten eines aus, dem er sich einigermaßen gewachsen fühlte. Er wusste, dass der hauptamtliche Organist ein breites Repertoire beherrschte und seine Kompetenz bereits in vielen Konzerten bewiesen hatte. Sie spielten zusammen, und Beo war mit seinem Anteil mehr als zufrieden, war er doch ohne größere Ausfälle durchgekommen.

„Das sollten wir öfter machen", meinte der Domorganist. „Wenn Ihnen die Zeit dazu bleibt bei Ihren aufreibenden Recherchen."

„Sie wollen sich doch wohl nicht lustig machen über meinen ungemein wichtigen Einsatz?", fragte Beo.

„Um Gottes willen, nein. Ich hoffe, dass Sie den Übeltäter schnell finden. Dann haben wir vielleicht mal Zeit für ein paar Duette."

„Ich würde mich freuen", stimmte Beo zu.

Beo hatte sich über die Geschichte des Dom-Glockenspiels informiert. Ursprünglich hatte es weder ein Glockenspiel noch einen Dachreiter gegeben. Im 19. Jahrhundert gab es vorübergehend eine Uhrenglocke. 1949, also nur wenige Jahre nach Beendigung des Zweiten Weltkrieges, wurden im Zusammenhang mit dem Wiederaufbau des Doms die ersten Überlegungen über einen Dachreiter angestellt. Von einem Glockenspiel war damals allerdings noch keine Rede. Erst 1994 wurde der Wiederaufbau des Doms – einschließlich Dachreiter und Glockenspiel – endgültig abgeschlossen.

## Tropfenweise

Im KK 11 war die wöchentliche Große Lage angesagt. Das gesamte Kommissariat versammelte sich wieder einmal im Besprechungsraum. Brasche begrüßte alle und bat dann Lüdenkamp um eine Zusammenfassung der bisherigen Ermittlungsergebnisse.

„Es gibt", begann Lüdenkamp, „beziehungsweise gab in unserem Fall mehrere Verdächtige: Zunächst der uns allen bestens bekannte Bengt Ole Wulf, unser Freund Beo. Der ist aber wohl versehentlich ins Blickfeld geraten, weil er sich auf der Baustelle am Großen Markt verdächtig verhalten hat. Er hat mit dem Toten aber nichts zu tun. Dafür haben wir die Frau gefunden, die in einem Weseler Stoffladen eine ebensolche schwarze Lackfolie gekauft hat wie die, auf der der Tote gefunden wurde. Die Frau heißt Dr. Helen Echters.

Die wiederum hat uns zu einem jungen Mann geführt, der zugegeben hat, eine schwarze Lackfolie bemalt und auf dem Großen Markt auf eine Palette getackert zu haben. Der junge Mann namens Thomas Gottschall – wie Gottschalk ohne k, dafür mit zwei l – gehört zu einer kleinen Gruppe, die sich zum Ziel gesetzt hat, den Wiederaufbau der Historischen Rathausfassade zu verhindern. Die Gruppe hat öffentliche Auftritte unter dem Logo ‚AKTION ANTIFA SSADE' geplant. Gleich beim ersten Versuch, ein Plakat zu erstellen, sind sie aufgefallen. Es geht um die Palette, auf der der Tote lag, und die nur unvollständig beschriftet war. Auf der Oberseite fehlte noch die eigentliche Botschaft. Der Zusammenhang zwischen Gottschall und der Palette ist anhand von Fingerabdrücken eindeutig nachgewiesen. Gottschall hat aber mit dem Toten offenbar nicht zu tun. Jedenfalls lässt sich bis jetzt nichts nachweisen."

Brasche übernahm. „Dafür hat die SpuSi Interessantes zu berichten. Der Tote auf der Palette ist, wie von Anfang an vermutet, an seinen schweren Kopfverletzungen gestorben. Wie und wo das genau passiert ist, wissen wir noch nicht. Aber: Der Tote hat kurz vor seinem Ableben noch lecker gegessen. Schneider vermutet, beim Griechen. Er tippt auf die Nr. 91 auf der Speisekarte."

„Iiih. Woher will er das denn wissen?", fragte Achtel verwundert.

„Weil das auch Schneiders Lieblingsgericht ist: Lammfleisch mit grünen Bohnen. Außerdem hat er im Blut des Toten Alkohol und Spuren von GHB, also Gamma-Hydroxybuttersäure entdeckt."

„Was ist das denn?", kam eine weitere Zwischenfrage von Achtel.

„Das ist eine Partydroge, die seit Ende der 1990er Jahre verstärkt als K.-o.-Tropfen eingesetzt wird. Schneider sagt, dass die Substanz in niedrigen Dosen stimulierend, angstlösend und euphorisierend wirkt. Die motorische Kontrolle wird, ähnlich wie bei einem Alkoholrausch, eingeschränkt. In höheren Dosierungen kann es zu einer aphrodisierenden Wirkung kommen und vorhandene Stimmungen verstärken. In noch höheren Dosen wirkt GHB stark einschläfernd. Und: Überdosierungen führen zu einem plötzlichen narkotischen Schlaf. Die Wirkung tritt innerhalb von 15 bis 30 Minuten ein."

„Das wird ja immer mysteriöser", stellte Achtel fest.

„Ja, da hast du recht", bestätigte Brasche. „Besonders in Verbindung mit der nächsten Feststellung der SpuSi. Am Krangehäuse, am Mast und am Ausleger sind Fingerabdrücke gesichert worden, und die gehören zu unserem unbekannten Toten."

„Das gibt's doch nicht!", platzte Achtel heraus. „Dann ist der selbst da hochgeklettert? Also doch ein Suizid! Aber wie ist er dann mit Fernbedienung auf die Palette gekommen?"

„Das kann immer noch alles sein: Suizid, Unfall oder Fremdverschulden", sagte Lüdenkamp. „Und wie der da hochgekommen ist, wissen wir nicht. Wir haben einen Fachmann gefragt. Demnach soll es unglaublich schwer sein, da hochzuklettern. Es gibt keine Stufen oder so etwas. Das geht eigentlich nur mit speziellen Steigeisen, wie sie die RWE-Leute an Strommasten benutzen.

Kolleginnen und Kollegen, wir haben immer noch einen unaufgeklärten Fall. Also weiter!"

## Geläute(r)t

Am nächsten Morgen lag eine Zeitungsnotiz auf Beos Schreibtisch. Enna hatte bereits ihren „Zeitungsdienst“ beendet.

***Domglocken schweigen***

*Wesel. So mancher wird es schon bemerkt haben: Seit gestern läuten die Glocken des Willibrordi-Doms nicht mehr. Der Grund: Die Ketten für das Läutewerk müssen in Folie eingepackt werden, damit sie nicht zustauben. Denn Staub und Schmutz werden in den nächsten Tagen im Turm des Gotteshauses reichlich entstehen. Die Gesellschaft für Bauwerksanierung und Instandsetzung aus Essen führt dann im Auftrag des Dombauvereins eine aufwendige Sanierung durch.*

„Die wollen die Weseler Bürger nicht beunruhigen,“ vermutete Beo. „Das ist auch vernünftig.“

„Wieso“, fragte Enna. „Weißt du etwas über die Glocken?“

„Nein“, antwortete Beo. „Aber ich glaube das mit der Sanierung nicht. Ausgerechnet jetzt!“

„Hast du überhaupt schon etwas herausgefunden?“, wollte Enna wissen.

„Nicht die Spur“, antwortete Beo. „Ich bin gestern eine ganze Stunde im Dom unterwegs gewesen. Nichts.

Der Bursche kennt sich da anscheinend gut aus. Sonst müsste doch irgendetwas zu finden sein. Nicht mal die Türschlösser sind beschädigt."

„Also hat er einen Schlüssel", folgerte Enna.

„Es sieht so aus. Aber auch das wissen wir nicht", erwiderte Beo resigniert.

Abends fuhr er noch einmal zum Dom. Die Geschichte ließ ihm einfach keine Ruhe. Was ihn besonders nervte, war die Tatsache, dass offensichtlich auch jetzt noch jemand im Dom aus- und einging, obwohl Beo jeden Tag ein paarmal nach dem Rechten sah. Es war doch davon auszugehen, dass der Übeltäter den Dom beobachtete und demnach auch wissen musste, dass es seit ein paar Tagen eine weitere zugangsberechtigte Person – nämlich Beo – gab. Das schien den Burschen aber gar nicht zu stören.

Wieso eigentlich „den Burschen"? Es konnte doch genauso gut auch eine „Bürschin" sein. Oder wie hieß die weibliche Form von Bursche? Beo wusste es nicht. Er nahm sich vor, das gelegentlich zu klären.

Beo kam am Dom an. Er hatte vom Küster je einen Schlüssel für einen der hinteren Eingänge, für die Orgel und für den Glockenspiel-Schaltkasten bekommen. Er schloss die Eingangstür auf und hinter sich sorgfältig wieder zu. Dann durchquerte er den Dom und kletterte die unzähligen Stufen zum Glockentürmchen hinauf. Im

Dom brannte ständig eine Notbeleuchtung. Zusätzlich hatte Beo eine lichtstarke Taschenlampe mitgenommen.

Auf seinem Weg nach oben fiel ihm nichts Ungewöhnliches auf. Auch das Gehäuse der Glockenspiel-Steuerung war ordnungsgemäß verschlossen. Er öffnete es und blickte auf diverse Regler und Schalter sowie eine Platine mit elektronischen Bauteilen. Mit der Elektronik konnte Beo sowieso nichts anfangen. Aber auch die Regler und Schalter würde er nicht anfassen. Um keine zusätzlichen Spuren zu hinterlassen und weil er das Regelungssystem sowieso nicht verstand.

Bevor er den Kasten wieder verschloss, leuchtete er noch einmal mit seiner Stablampe hinein. In einer Ecke, auf den ersten Blick nicht zu sehen, entdeckte er einen kleinen weißen beschrifteten Aufkleber. Beo zog ein paar seiner Einmalhandschuhe an, die er für solche Zwecke immer bei sich trug. Dann nahm er einen kleinen Schraubenzieher aus einem Etui in seiner Jackentasche und löste den Aufkleber vorsichtig ab. Anschließend ließ er ihn in eine Plastiktüte fallen. Erst dann versuchte er, die Aufschrift zu lesen. Was er sah, war eine merkwürdige Zahlenkombination:

*2-(1-7)-(18-23)*
*3+11*

Das konnte ein Hinweis für den Domorganisten sein, was er machen musste, um die Liedfolge des Glockenspiels zu verändern. Oder auch etwas ganz anderes. Beo hatte übrigens zu fragen vergessen, wer eigentlich die Liedfolge eingab: der Organist oder der Küster. Das musste er noch nachholen.

Beo steckte die Plastiktüte ein und kletterte wieder nach unten. Etwa auf halber Höhe hatte er plötzlich das unbestimmte Gefühl, nicht allein zu sein. Er blieb stehen. Niemand war zu sehen oder zu hören.

„Hallo“, rief Beo. „Ist da jemand?“ Seine Stimme hallte in dem großen Kirchenschiff lange nach.

Keine Antwort. Beo ging weiter. Seine Stablampe hielt er fest in der rechten Hand. Das war zwar keine besonders wirksame Verteidigungswaffe, aber immerhin besser als nichts.

Unten angekommen, blieb er wieder stehen und lauschte angestrengt. Nichts. Beo verließ den Dom und verschloss die Tür.

## Zaungäste

Thomas Gottschall erschien am nächsten Morgen pünktlich im KK 11. Er wurde zu Lüdenkamp gebracht. Der begrüßte ihn:

„Guten Morgen, Herr Gottschall. Zunächst noch ein paar Fragen. Dann werden Ihre Fingerabdrücke abgenommen."

„In Ordnung".

„Herr Gottschall. Sie haben bei unserem letzten Gespräch unter anderem gesagt, dass in der Nacht, als Sie Ihre Parolen auf die Palette getackert haben, ausgesprochen viel Betrieb auf der Baustelle geherrscht habe. Was haben Sie damit gemeint?"

„Das habe ich doch schon gesagt. Da kamen am laufenden Band andere Leute und störten uns bei der Arbeit."

„Ja. Sie haben gesagt, dass Sie diese anderen nicht kannten. Ist das richtig?", wollte Lüdenkamp wissen.

„Ja, absolut. Ich weiß nicht, wo die herkamen, und wir kannten sie auch nicht."

„Wie sind Sie eigentlich in den Baustellenbereich gekommen? Der war doch bestimmt abgesperrt", fragte Lüdenkamp.

„Über den Zaun. Das war nicht schwer. So hoch ist der ja nicht", antwortete Gottschall.

„Und die anderen?"

„Genauso. Auch über den Zaun. Manche von der Domseite. Andere auch von der gegenüberliegenden Seite."

„Haben Sie mit denen gesprochen?"

„Nein, um Gottes willen! Jedes Mal, wenn wir gehört haben, dass da einer kam, haben wir uns schnell versteckt."

„Wo haben Sie sich versteckt?"

„In einer Ecke der Fassade. Ganz links, unter dem Gerüst. Da ist ein zurückspringender Raum. Da haben wir ganz am Anfang eine Plane vor das Gerüst gehängt. So konnte uns keiner sehen."

„Ganz am Anfang heißt …?"

„Was meinen Sie?", fragte Gottschall.

„Wann sind Sie zur Baustelle gekommen und wie lange sind Sie da gewesen?"

„Ach so. Gekommen sind wir ungefähr um elf, und als wir abgehauen sind, muss es etwa 1 Uhr morgens gewesen sein."

„Abgehauen? Das klingt nach einem plötzlichen Aufbruch", stellte Lüdenkamp fest.

„Das war auch so. Nachdem wir schon ein paarmal gestört worden waren und jedes Mal wieder in unser Versteck krabbeln mussten, kam ganz zum Schluss noch ein völlig Betrunkener über den Zaun gepoltert. Der musste mehrere Male Anlauf nehmen, bis er oben ankam.

Und dann ist er wie ein nasser Sack auf die Erde geknallt. Dann hat er sich wieder aufgerappelt und ist zum Kran gegangen. Dabei hat er ununterbrochen irgendwelches Zeug gebrabbelt. So etwas wie: ‚Ich schaffe das! Du wirst sehen! Du wirst dich noch wundern!' und so."

„Und dann?"

„Dann sind wir schnell abgehauen. Wir hatten die Schnauze voll."

„Und die Palette?"

„Die haben wir einfach liegen lassen. Wir waren froh, dass wir unbemerkt wieder da rausgekommen sind."

„Der Betrunkene hat Sie auch nicht bemerkt?"

„Nein, ganz bestimmt nicht. Es war ziemlich dunkel, und der hat sowieso nicht mehr viel mitbekommen."

„Könnten Sie den Betrunkenen beschreiben?", wollte Lüdenkamp wissen.

„Ja sicher", kam die Antwort von Gottschall. „Der sah genauso aus wie der Tote in der Zeitung. Ich denke, das war er."

„Sind Sie da ganz sicher", fragte Lüdenkamp.

„Ja. Hundertpro!"

„Wenn Sie den Mann in der Zeitung so genau erkannt haben, warum haben Sie sich dann nicht gemeldet?"

„In der Zeitung stand, dass man sich melden soll, wenn man den Toten kennt. Wir haben ihn aber nicht gekannt. Wir haben ihn nur zufällig in der Nacht gesehen."

„Da haben Sie auch wieder recht", stellte Lüdenkamp fest.

„Jetzt zu den anderen, die Sie auch nicht kennen, aber gesehen haben", fuhr Lüdenkamp fort. „Wann sind die gekommen, und was haben die auf der Baustelle gemacht?"

„Die sind schätzungsweise alle zwischen halb zwölf und 1 Uhr gekommen und haben sich über den Zaun gehangelt. Was sie gemacht haben? Das war total unterschiedlich. Zuerst kam ein Pärchen, also ein junger Mann und ein junges Mädchen. Was die gemacht haben, brauche ich Ihnen wohl nicht zu berichten."

„Dafür reicht meine Fantasie", sagte Lüdenkamp. „Und dann?"

„Dann kam ein einzelner Mann. Anscheinend ein älterer. Jedenfalls, so wie der gegangen ist."

„Was hat der gemacht?"

„Das war total irre! Der ist über den Zaun geklettert, was ihm sichtlich schwerfiel. Dann, als er drinnen war, hat er an die Plane gepinkelt. Dann ist er wieder zurückgeklettert und verschwunden."

„Wundersame Menschen gibt es", stellte Lüdenkamp fest.

„Das kann man laut sagen", stimmte ihm Gottschall zu.

„Wer kam dann?"

„Dann kamen drei Jungs, also junge Männer. Die sind gleichzeitig nebeneinander über den Zaun gekommen, sind um die Steinpaletten herummarschiert und dann auf der anderen Seite wieder hinübergeklettert. Ich schätze, dass da auch Alkohol im Spiel war. Die haben ziemlich gegrölt. So ein Fußballlied. Und dann kam der Tote."

„Also, dann kam der, der hinterher tot war?"

„Ja, so meine ich das."

„Das waren alle?"

„Das hat uns völlig gereicht. Unser schöner Plan war total im Eimer. Den konnten wir vergessen."

„Was haben Sie dann gemacht?"

„Dann haben wir alles stehen und liegen lassen und sind abgehauen."

„Jetzt brauchen wir nur noch Ihre Fingerabdrücke", sagte Lüdenkamp.

„Moment", sagte Gottschall. „Da fällt mir noch etwas ein. Ich bin ungefähr eine halbe Stunde später noch einmal zur Baustelle gegangen, weil ich nachsehen wollte, was aus unserer Palette geworden ist."

„Ja, und da?", fragte Lüdenkamp gespannt.

„Da habe ich noch einen gesehen. Der ging auch da hin."

„Und kletterte über den Zaun?", vermutete Lüdenkamp.

„Nein. Der hat das Vorhängeschloss am Zauntor aufgeschlossen und ist dann hineingegangen."

„Der hatte demnach einen Schlüssel für das Vorhängeschloss?"

„Ja."

„Und dann?"

„Und dann nichts mehr. Ich bin, so schnell ich konnte, wieder abgehauen. Weil ich dachte, das ist ein Offizieller. Der sollte mich nicht erwischen."

„Verständlich. Gut, jetzt brauchen wir nur noch Ihre Fingerabdrücke."

**Carilloneur**

Beo zeigte den kleinen weißen Aufkleber – immer noch sorgfältig verschlossen in der Plastikhülle – dem Küster und dem Domorganisten. Beide konnten nichts damit anfangen.

„Das ist vielleicht eine Herstellungsnummer oder so etwas“, überlegte der Küster.

„Das glaube ich nicht“, entgegnete Beo. „Das sieht eher aus wie eine Rechenaufgabe. Außerdem dürfte der Zettel noch nicht sehr lange in dem Kasten geklebt haben. Dafür ließ er sich zu leicht ablösen.“

„Eine Rechenaufgabe“, wiederholte der Organist. „Wer könnte das lösen? Kennen Sie einen Mathematiker?“

„Nein.“

„Schade. Ich auch nicht.“

„Es gibt doch eine Menge Musiker, die auch gute Mathematiker sind. Gehören Sie nicht dazu?“, fragte Beo.

„Nein. Leider nicht. Ich habe – neben der Musik – Jura studiert. Damit können wir hier aber nicht allzu viel anfangen.“

„Ich werde schon jemanden finden. Übrigens: Wie genau kommen die Lieder ins Glockenspiel? Ich meine die jeweilige Liedfolge und die Tageszeit.“

„Das funktioniert per Computer", antwortete der Organist. „Aus einer Liste von infrage kommenden Stücken. Wir könnten aber auch andere Lieder mit einem Keyboard eingeben."

„Wie ist das denn früher gemacht worden, als es das alles noch nicht gab?", wollte Beo wissen.

„In Handarbeit. Im wahrsten Sinne des Wortes. Da saß ein Musiker – ein sogenannter ‚Carilloneur' – an einem Spieltisch. Der hat die Tasten händisch, also mit der geballten Faust, traktiert."

„Stimmt. Ich habe vor Kurzem den französischen Film ‚Willkommen bei den Sch'tis' gesehen. Da gab es einen Glockenturm mit einem solchen Spieltisch. Und der Postbote hat darauf gespielt."

„Ja, den Film habe ich auch gesehen. Herrlich!"

„Ich habe noch eine Frage. Wissen Sie, wer das Glockenspiel hier oben installiert hat und wer für den Kundendienst zuständig ist?"

„Ja", antwortete der Organist. „Das Glockenspiel stammt von der niederländischen Firma ‚Koninklijke Eijsbouts' in Asten. Das ist die größte Glockengießerei der Welt."

„Und der Kundendienst?", hakte Beo nach.

„Auch da. Das dauert im Moment aber, weil kürzlich bei den Stürmen ziemlich viel kaputt gegangen ist. Die können nicht überall gleichzeitig sein."

„Es war ja wohl auch schon einer da, der nach dem Rechten gesehen hat“, sagte Beo.

„Davon weiß ich nichts“, erwiderte der Organist. „Ich habe noch keinen Kundendienstmenschen gesehen.“

„Das hat mir die Dame im Gemeindeamt erzählt“, sagte Beo. „Der wäre nur ganz kurz da gewesen und wollte in Kürze wiederkommen.“

„Das muss an mir vorbeigegangen sein“, wiederholte der Organist. „Aber wie auch immer. Wichtig ist, dass das bald wieder funktioniert. Die Leute fragen schon nach ihrem Glockenspiel.“

„Das scheint ziemlich beliebt zu sein“, stellte Beo fest.

„Das stimmt. Obwohl, ursprünglich waren die Weseler sehr skeptisch. Ein Glockenspiel hatte es in Wesel vorher nie gegeben. Aber als es dann im Dezember 1994 feierlich eingeweiht wurde, waren mehrere Tausend Leute dabei. Und inzwischen möchte man es nicht mehr missen.“

„Ist Wesel eigentlich so reich, dass es sich das alles leisten konnte: den Wiederaufbau des Doms, das Glockenspiel, jetzt die Rathausfassade?“

„Nein, das nicht. Aber es gab und gibt immer Leute, die bereit und in der Lage sind, für solche Zwecke zu spenden. Das Glockenspiel beispielsweise ist komplett von einem Weseler Ehepaar gestiftet worden.“

„Toll. Wollen wir mal hoffen, dass die Spendenbereitschaft nicht nachlässt und später auch noch der Große Markt umgestaltet werden kann.“

Beo verabschiedete sich. Anschließend fuhr er zum Kreispolizeigebäude. Dort berichtete er Brasche von seinem Einsatz im Dom und hielt ihm den kleinen Aufkleber unter die Nase.

„Guck mal“, sagte er. „Das habe ich beim Glockenspiel gefunden. Einen Aufkleber mit einer Aufschrift. Die ist aber ziemlich rätselhaft.“

Brasche sah sich den Zettel an. „Das sagt mir auch nichts. Aber das sieht wie eine Rechenaufgabe aus. Hast du schon mal versucht, das auszurechnen?“

„Ja klar. Aber ich komme zu keinem Ergebnis. Ich dachte, du könntest mir vielleicht helfen.“

„Nein. Ich nicht“, sagte Brasche. „Aber ich kann das mal an unsere Experten weitergeben. Vielleicht finden die eine Lösung.“

„Das wäre gut. Und wenn du den Aufkleber dann auch gleich auf Fingerabdrücke untersuchen lassen könntest, das wäre noch besser!“

„Wie du dir sicher denken kannst, habe ich mit unserem Toten am Kran genug zu tun. Aber gut, ich gebe das mal weiter.“

„Klasse. Vielen Dank.“

„Okay. Ich melde mich, sobald ich etwas habe.“

**Fingerprints**

Als Beo am Abend nach Hause kam, legte ihm Enna einen Zettel hin.

„Brasche hat angerufen. Du sollst so schnell wie möglich zu ihm kommen."

„Hat er gesagt, was er wollte?"

„Nein. Nur, er hätte etwas für dich, was dich sicher sehr interessieren würde."

Am nächsten Morgen fuhr Beo als Erstes zum K 11. Brasche war in seinem Raum und freute sich, Beo zu sehen.

„Hallo Beo. Schön, dass du da bist."

„Hallo Armin. Was gibt's Aufregendes?"

„Du wirst dich wundern. Die SpuSi hat einen sehr schönen Fingerabdruck auf deinem Aufkleber gefunden. Beim Abgleich in unserem Computer hat es gebimmelt: Denselben Abdruck haben wir auf der Palette entdeckt, auf der der Tote lag."

„Das gibt's doch nicht!" Beo war völlig perplex. „Dann haben unsere Fälle miteinander zu tun?"

„Es scheint so. Jedenfalls muss jemand, der diesen Aufkleber im Dom hinterlassen hat, auch mit der Palette in Berührung gekommen sein."

„Nicht zu glauben! Wo genau habt ihr den Print gefunden? Auf der Palette oder auf der schwarzen Folie?"

„Auf der Folie."

„Gut. Wir wissen ja inzwischen, welchen Weg die Folie vom Stoffladen bis zum Großen Markt genommen hat. Da müsst ihr euch nur noch alle vornehmen, die damit zu tun hatten, und wir haben den Täter."

„Welchen Täter?", fragte Brasche. „Den Glockenspiel-Attentäter? Oder den Paletten-Mörder? Wir wissen ja noch nicht einmal, wie der Tote am Kran zu Tode gekommen ist. Es steht bisher nur mit ziemlicher Sicherheit fest, dass der Gute an seinen Kopfverletzungen gestorben ist. Wir wissen aber immer noch nicht, ob dabei jemand nachgeholfen hat. In der Tatnacht war eine ganze Reihe von Leuten auf der Baustelle. Zum Teil sind die bekannt, zum Teil leider noch nicht. Wenn wir die alle befragen könnten, wären wir vermutlich ein Stück schlauer."

„Was macht denn unsere Rechenaufgabe?", wollte Beo wissen.

„Ich habe das weitergegeben. Bisher habe ich noch nichts gehört. Das scheint schwierig zu sein."

„Das beruhigt mich", sagte Beo. „Warum sollten die besser oder schneller sein als ich?"

„Weil das deren täglich Brot ist", antwortete Brasche. „Und weil du gut beobachten und fotografieren kannst.

Aber als Rechengenie bist du, soweit ich weiß, bisher noch nicht aufgefallen."

## Code-Knacker

Das Telefon klingelte. Brasche nahm ab. Beo war dran.

„Ich glaube, ich hab's", verkündete der fröhlich.

„Was hast du?", fragte Brasche.

„Die Auflösung des Codes."

„Das wäre ja toll! Erzähl mal."

„Also: Es handelt sich nicht um eine Rechenaufgabe. Ich habe alles Mögliche vor- und zurückgerechnet und bin nie zu einem vernünftigen Ergebnis gekommen, mit dem man etwas anfangen kann. Dann habe ich die Textanfänge der fünf Glockenspiel-Lieder untereinandergeschrieben und bin fündig geworden."

„Moment. Ich mache das mal. Sag mir gerade noch mal die Lieder", sagte Brasche.

Beo zählte auf: „Geh aus mein Herz und suche Freud, Cause I'm free as a bee over the trees, Ännchen von Tharau, Wer recht in Freuden wandern will und Kein schöner Land in dieser Zeit. Schreib die mal in Großbuchstaben untereinander."

Beo hörte, wie Brasche auf seiner Tastatur tippte. Nach einer Weile kam:

„Okay, habe ich. Und jetzt?"

Brasche starrte auf die Liedanfänge auf seinem Bildschirm:

GEH AUS MEIN HERZ UND SUCHE FREUD
CAUSE I'M FREE AS A BEE FLYING OVER THE TREES
ÄNNCHEN VON THARAU
WER RECHT IN FREUDEN WANDERN WILL
KEIN SCHÖNER LAND

„Ich kann nichts erkennen", bemerkte er dann resigniert.

„Nicht aufgeben", munterte Beo ihn auf. „Jetzt kommt nämlich die erste Anweisung des Codes. ‚2' steht für das zweite Lied, also für ‚Cause I'm free'. Und da sollen die Buchstaben 1 bis 7 und 18 bis 23 gelöscht werden. Mach das mal."

Brasche zählte und löschte und kam zu dem Ergebnis:

GEH AUS MEIN HERZ UND SUCHE FREUD
FREE AS A BEE OVER THE TREES
ÄNNCHEN VON THARAU
WER RECHT IN FREUDEN WANDERN WILL
KEIN SCHÖNER LAND IN DIESER ZEIT

„Ich sehe immer noch nichts."

„Noch nicht, aber gleich", versprach Beo. „Lösch jetzt die Leerräume zwischen den Wörtern."

„Okay, habe ich."

GEHAUSMEINHERZUNDSUCHEFREUD
FREEASABEEOVERTHETREES
ÄNNCHENVONTHARAU
WERRECHTINFREUDENWANDERNWILL
KEINSCHÖNERLANDINDIESERZEIT

„Und? Siehst du schon etwas?"

„Aber so was von gar nichts!"

„Na ja. Kannst du eigentlich auch nicht. Ich habe immerhin schon ein paar Tage länger darüber gebrütet. Im Grunde ist es ganz einfach. Wenn man weiß, wie's geht. Jetzt kommt nämlich die zweite Zeile des Codes. Unterstreich mal jeweils die dritten und elften Buchstaben der Liedanfänge. Ich bin gespannt, ob du dann etwas siehst."

Brasche zählte und unterstrich:

GEHAUSMEINHERZUNDSUCHEFREUD
FREEASABEEOVERTHETREES
ÄNNCHENVONTHARAU
WERRECHTINFREUDENWANDERNWILL
KEINSCHÖNERLANDINDIESERZEIT

und rief dann erstaunt:

„Ich habe was!"

„Lies mal vor!"

„HENRI. Das ist ein Name."

„Ja. Und was noch?"

„Das andere ergibt keinen Sinn."

„Lies mal!"

„HOTFR…?"

„Das ist vermutlich eine Abkürzung für ‚Hot-frog'."

„Und? Heißer Frosch? Was soll das denn heißen?"

„Hotfrog ist ein Internet-Portal, in dem Firmen ihr Unternehmensprofil veröffentlichen können."

„Und? Was haben wir damit zu tun?"

„Ich habe ‚Henri' bei Hotfrog eingegeben, und du wirst nicht glauben, was da zurückkam."

„Was denn?"

„Es gibt einen Elektronik-Versand, der HENRI heißt. Die liefern unter anderem Elektronikbauteile und Überwachungsanlagen, und die bieten auch den Service dazu an."

„Ah, ich verstehe. Du meinst, dass die etwas mit der Steuerung des Dom-Glockenspiels zu tun haben."

„Das bietet sich doch an, oder?"

„Ja, vielleicht hast du recht. Das können wir aber ganz schnell feststellen. Ich werde mich darum kümmern. Zuerst mal Glückwunsch und danke für deine erfolgreiche Detektivarbeit. Vielleicht kommen wir damit weiter.“

## Ausgeschieden

Brasche rief zuerst beim Gemeindeamt an und fragte, ob dort die Firma Henri bekannt sei, und ob gegebenenfalls ein Techniker dieser Firma im Dom - speziell an der Steuerung des Glockenspiels – tätig gewesen sei. Beides wurde spontan verneint. Die Firma sei nicht bekannt, und Serviceleistungen im Zusammenhang mit dem Glockenspiel seien ausschließlich durch die niederländische Firma „Koninklijke Eijsbouts“ erfolgt, die ja auch das Glockenspiel hergestellt habe. Brasche hakte nach: Ob es nicht möglich sei, dass doch schon mal ein Techniker von einer anderen Firma ausgeholfen habe. Beispielweise, wenn die königlichen Glockenmacher wegen eines Unwetters viel zu tun hätten. Die Antwort war: Definitiv nein!

Als Nächstes rief Brasche bei der Firma Henri an. Er fragte nach einem Techniker, der in der letzten Zeit in Wesel tätig gewesen sei, und wurde mit dem Kundendienstleiter verbunden.

„Wen suchen Sie genau?“, fragte der.

„Ich suche im Zusammenhang mit einem Todesfall nach einem Techniker, der im vergangenen halben Jahr im Weseler Dom Reparaturarbeiten ausgeführt hat“, erklärte Brasche.

„In Wesel? Meines Wissens haben wir in Wesel keinen Kunden, der regelmäßig unseren Service benötigt", antwortete der Personalleiter.

„Das muss ja nicht regelmäßig gewesen sein. Vielleicht ist einer von Ihren Leuten in einem Ausnahmefall hier gewesen", hakte Brasche nach.

„Moment. Das können wir schnell feststellen. Kleinen Augenblick."

Es dauerte ein paar Minuten, in denen Brasche mit einer nervigen Pausenmusik beschallt wurde. Dann meldete sich der Kundendienstleiter wieder:

„Hallo, sind Sie noch da? Gut. Also: Von uns ist definitiv niemand in Wesel gewesen. Weder im vergangenen halben Jahr noch überhaupt."

„Das ist sicher?", fragte Brasche noch einmal.

„Völlig sicher!", kam die Antwort.

Brasche bedankte sich und beendete dann das Gespräch.

„Scheiße", knurrte er dann. „Jetzt sind wir genauso weit wie vorher."

Er rief bei Beo an und teilte ihm den Misserfolg mit. Beo sagte: „Ich habe inzwischen darüber nachgedacht, warum die Nachricht auf dem Aufkleber überhaupt so kryptisch ist. Was bezweckt der Schreiber damit? Warum steht da nicht: ‚Die Steuerung des Glockenspiels stammt von …‘ und dann Klartext. Oder: ‚Zuletzt gewartet am …‘ von Ernst Leopold Weißnichtwie?“

„Du setzt bei deinen Überlegungen voraus, dass deine Interpretation des Codes zutreffend ist. Der kann doch auch etwas ganz anderes aussagen, was wir noch nicht wissen. Der Hinweis auf die Firma Henri war doch offensichtlich ein Irrweg.“

„Du hast recht. Da müssen wir noch mal ran!“

Etwa eine Stunde später klingelte Brasches Telefon. Er nahm ab.

„Kriminalkommissariat 11, Brasche. Hallo?“

„Hier ist Möller von der Firma Henri. Wir haben vorhin zusammen telefoniert. Ich habe doch noch eine Information, die vielleicht für Sie von Bedeutung ist.“

„Ja?“, fragte Brasche gespannt.

„Die Aussage von vorhin ist im Prinzip richtig. Wir haben in Wesel keine Serviceleistungen erbracht. Aber ein Kollege hat sich daran erinnert, dass ein inzwischen ausgeschiedener Mitarbeiter im vergangenen Jahr nach Wesel verzogen ist.“

„Das könnte in der Tat interessant sein. Wie heißt der Mann und wo wohnt er?“

„Wo er wohnt, wissen wir nicht. Aber den Namen können wir Ihnen selbstverständlich nennen. Er heißt Stefan Theine.“

„Stefan mit ‚f‘ oder mit ‚ph‘?“

„Mit ‚f‘. Und Theine mit ‚th‘.“

„Danke. Sie haben uns sehr geholfen", sagte Brasche. Er verabschiedete sich und legte auf. Dann informierte er Beo.

„Du lagst also doch richtig mit der Auflösung des Codes", sagte Brasche anerkennend. „Es gibt einen Techniker, der früher für Henri gearbeitet hat und jetzt in Wesel ist. Wir müssen ihn nur noch finden."

„Das kann doch mit euren Möglichkeiten kein Problem sein", meinte Beo.

„Sollte es zumindest nicht", stimmte Brasche zu.

„Übrigens", sagte Beo. „Noch mal dazu, warum der Knabe nicht seinen Klarnamen, sondern so einen rätselhaften Code hinterlassen hat. Vielleicht ist das so eine Art ‚tag', also ein Erkennungszeichen oder eine Unterschrift, wie es die Sprayer hinterlassen, wenn sie ihr Werk beendet haben."

„Aber unser Gesuchter ist doch vermutlich kein Sprayer, sondern Elektroniker", wandte Brasche ein.

„Erstens schließt das eine das andere nicht aus. Und zweitens wird das englische Wort ‚tag' auch in der Datenverarbeitung und Informatik benutzt. Es steht dort für die Auszeichnung eines Datenbestandes mit zusätzlichen Informationen."

„Mann, bist du schlau!", stichelte Brasche.

„Na klar. Und was ich nicht weiß, hole ich mir bei dir. Oder im Internet."

„Aha. Daher der plötzliche Wissensschub."

„So ist es. Übrigens: Ursprünglich hieß ‚tag' Etikett, Anhänger, Aufkleber. Womit wir wieder bei unserem Zettel sind."

## Freundschaften

Brasche und Lüdenkamp machten sich auf den Weg zu Thomas Gottschall. Vorher hatten sie versucht, Stefan Theine ausfindig zu machen, aber eine weitere Enttäuschung erlebt: Ein Mann dieses Namens war weder in Wesel gemeldet noch war er im Polizei-Computer zu finden. Brasche hatte sich noch einmal an den Personalleiter der Firma Henri gewandt und um weitere Angaben zur Person gebeten. Die sollten so schnell wie möglich übermittelt werden.

Gottschall war in seinem kleinen Atelier. Er malte. Man merkte ihm an, dass er eigentlich nicht gestört werden wollte. Aber Lüdenkamp machte ihm klar, dass er sich sehr nahe an dem „Toten am Kran“ bewegt hatte. Dass er zwar im Moment nicht als Verdächtiger gelte, dass seine Aussagen aber schon wichtig seien und zu seiner Entlastung beitragen könnten. Unwillig unterbrach der Künstler daraufhin seine Arbeit und ging voran ins Wohnzimmer. Dort entdeckte Brasche an einer Wand ein gerahmtes Foto, das drei Männer und eine Frau zeigte. Einer der Männer war Gottschall selbst. Die beiden anderen kannte Brasche nicht. Aber die Frau: Dr. Helen Echters!

„Ah“, sagte Brasche. „Ich wusste gar nicht, dass Sie so gut bekannt sind mit Frau Dr. Echters.“

„Doch, wir kennen uns schon seit ein paar Jahren. Helen, also Frau Dr. Echters, ist sehr kunstinteressiert. Ich habe auch schon für sie gemalt."

„Ein Bild haben wir schon gesehen. Den Clown mit der pinkfarbenen Nase", sagte Lüdenkamp.

„Ja. Das war ein Auftragsbild. Helen wollte in ihrem Wohnzimmer einen kleinen Farbakzent haben. Da habe ich ihr den schwarz-weißen Clown mit der pinken Nase gemalt."

„Herr Gottschall, wer sind die beiden anderen Herren auf dem Foto?", fragte Brasche.

„Das sind zwei gute Freunde."

„Auch Künstler?"

„Kunstinteressiert ja, Künstler nein."

„Das heißt, die beiden malen nicht", vermutete Lüdenkamp.

„So ist es."

„Was machen sie denn beruflich?"

„Der eine ist beim Finanzamt."

„Und der andere?"

„Das weiß ich gar nicht so genau. Da müssten Sie vielleicht Helen fragen."

„Wieso Frau Dr. Echters? Kennt die den Herrn näher?", wollte Brasche wissen.

„Ja. Soweit ich weiß, sind die beiden ein Paar."

„Oh. Da können wir natürlich bei ihr nachfragen. Wir brauchen aber noch die Namen der beiden Herren."

„Ja. Der eine heißt Uwe Ganter. Das ist übrigens der Freund, der mit mir zusammen auf der Baustelle war. Und der andere heißt Stefan Theine."

„Stefan Theine???" Brasche konnte es nicht fassen.

„Ja. Was ist daran so merkwürdig?"

„Nichts. Wissen Sie, wo Herr Theine wohnt?"

„Ja sicher. Bei Helen. Die Adresse kennen Sie ja."

„Und Uwe Ganter? Wo wohnt der?"

„In Hamminkeln. Am Pastorsberg. Die Nummer habe ich nicht parat."

„Kein Problem. Das finden wir. Das Foto dürfen wir mitnehmen?"

„Ja klar. Aber bitte zurück."

„Selbstverständlich. Sie und Ihre drei Freunde stecken also hinter der Aktion ‚Fassade'?", vermutete Brasche.

„Ja", lautete die knappe Antwort.

„Danke. Das war's für heute. Bis demnächst."

Als Brasche und Lüdenkamp wieder im Auto saßen, schwiegen sie einen Moment. Dann sagten beide unisono: „Das darf ja nicht wahr sein! Stefan Theine!"

## Auf dem Schirm

Beo saß auf der Orgelbank der Marcussen-Orgel. Er hatte sich ein paar Duo-Stücke herausgesucht, die er vorsichtshalber für die nächste gemeinsame Musizierstunde mit dem Domorganisten vorbereiten wollte. Er übte jeweils beide Parts, um keine Überraschungen zu erleben. Das Kirchenschiff hinter ihm hatte er auf dem kleinen Bildschirm ständig im Visier.

Er hatte schon ein paarmal hier gesessen und gespielt, aber nie etwas Ungewöhnliches gehört oder gesehen. Im Gegenteil: Die Kirche war seltsam unbelebt, fast gruselig still. Jedenfalls dann, wenn Beo pausierte.

Beo probierte auch die vielen unterschiedlichen Register aus. Besonders gut gefielen ihm die etwas ungewöhnlicheren, die nicht jeden Tag zu hören waren. Beispielweise die Spanischen Trompeten, die früher in Spanien nur registriert werden durften, wenn der König einzog. Oder der Zimbelstern, der sich ab und zu hoch oben im dritten Stockwerk des gewaltigen Orgelprospekts dreht, und der in der Barockzeit besonders beliebt war.

Beo wusste gar nicht genau, worauf er eigentlich wartete. Sicher, auf den Typen, der das Glockenspiel und die großen Glocken im Willibrordi-Dom in Unordnung gebracht hatte. Sein Name war inzwischen bekannt: Stefan Theine. Und mehrere Personen aus dessen Umfeld: Thomas Gottschall, Dr. Helen Echters und Uwe Ganter.

Auch, dass die vier einen gemeinsamen Groll gegen die wieder erstehende Rathausfassade pflegten. Und dass mindestens drei von ihnen, nämlich Gottschall, Ganter und Theine, auf der Baustelle gewesen waren. Das war durch entsprechende Aussagen beziehungsweise Fingerabdrücke eindeutig nachgewiesen worden.

Beos Gedanken wurden plötzlich unterbrochen. Irgendetwas hatte sich auf seinem Bildschirm bewegt. Er konnte erkennen, dass sich jemand langsam und ganz vorsichtig von einer Seite des Mittelschiffs zur anderen bewegte. Dann kam der Jemand zurück und setzte sich mitten in die erste Sitzreihe.

Beo registrierte schnell seinen Lieblingschoral und fing an zu spielen. Dabei ließ er den Bildschirm nicht aus den Augen. Der unbekannte Besucher bewegte sich nicht. Als Beo geendet hatte, stand er auf, ging um die Orgel herum und auf den Besucher zu. Der, ein älterer Mann, saß immer noch ganz still und offenbar in Gedanken versunken auf der vorderen Bank. Rechts und links neben ihm standen mehrere Einkaufstaschen.

Beo sprach den Besucher an: „Hallo. Schön, dass Sie mir zuhören. Sind Sie öfter hier? Hat Ihnen der Choral gefallen?"

Es dauerte einen Moment, bis der fremde Mann ihn ansah und „Herrlich. So könnte ich hier den ganzen Tag sitzen", antwortete. „Ja, ich bin sogar ziemlich oft hier. Jedenfalls immer am ersten Samstag im Monat zur Marktmusik. Pünktlich um zwölf. Sie habe ich aber noch nicht hier gesehen. Oder besser: gehört. Sonst sitzt immer ein anderer Herr an der Orgel."

„Ja. Der eigentliche Domorganist. Ich vertrete ihn nur ab und zu."

„Ach so. Spielen Sie doch bitte weiter. Ich verhalte mich auch ganz ruhig."

„Das mache ich gerne", sagte Beo. Offenbar war der Mann einer der Dombesucher, die regelmäßig mit ihren Einkaufstüten in den Dom kamen, um sich hier ein paar Minuten zu entspannen.

Beo tat ihm den Gefallen und spielte noch ein paar Choräle. Als er dann wieder auf den Bildschirm blickte, war der alte Mann verschwunden.

## Große Lage

Das gesamte Kommissariat war im Besprechungszimmer zur „Großen Lage“ versammelt. Lüdenkamp gab einen Überblick über den aktuellen Ermittlungsstand. Inzwischen stand fest, dass die beiden Vorgänge – der Tote am Kran und die Manipulationen an den Domglocken – miteinander zu tun hatten. Zumindest in der Person des vermutlichen Glocken-Attentäters: Er hatte sein ‚tag’ und einen Fingerabdruck auf einem Aufkleber im Schaltkasten des Glockenpiels hinterlassen, und seine Fingerabdrücke waren auch auf der Folie gefunden worden, auf der der Tote am Kran gelegen hatte.

Der Name des Verdächtigen war ebenfalls bekannt: Stefan Theine. Theine war vor etwa einem Jahr aus Süddeutschland nach Wesel gekommen. Er war hier zwar noch nicht gemeldet, lebte aber offenbar bei seiner Freundin, der Diplom-Psychologin Dr. Helen Echters. Frau Dr. Echters war inzwischen nach dem Aufenthaltsort von Theine befragt worden. Sie hatte ausgesagt, dass er sich nur sporadisch bei ihr aufhalte, und dass sie ihn vor etwa zwei Wochen zuletzt gesehen habe. Sie wisse nicht, wo er jetzt sei. Eine weitere Befragung von Frau Dr. Echters sei für den kommenden Vormittag vorgesehen.

Bekannt sei ebenfalls, dass hinter der „AKTION ANTIFA SSADE“ vier Personen ständen, nämlich Thomas Gottschall, Uwe Ganter, Frau Dr. Echters und der besagte Stefan Theine. Ziel der kleinen Gruppe sei es, den Wiederaufbau der Historischen Rathausfassade zu verhindern, was einigermaßen illusorisch erscheine. Gottschall und Ganter hätten damit begonnen, Poster zur Verbreitung ihrer ziemlich obskuren Ideen drucken zu lassen. Der Versuch, eine Palette von der Fassadenbaustelle beidseitig mit einer schwarzen Folie zu versehen und mit dem Aktionslogo sowie einem programmatischen Text zu beschriften, sei gescheitert. Die Aktionisten seien – übrigens in derselben Nacht, in der der Tote am Kran umgekommen sei – mehrfach bei ihrer Arbeit gestört worden und hätten dann schließlich genervt aufgegeben.

Um wen es sich bei dem Toten am Kran handele, sei – trotz mehrfacher Veröffentlichung eines Porträtfotos in den Tageszeitungen und Wochenblättern – immer noch nicht bekannt. Am Tatort sei nichts gefunden worden, was auf seine Identität schließen ließe. Die einzigen Gegenstände, die er bei sich gehabt habe, seien ein Paar Nike-Sportschuhe und eine Rolex-Armbanduhr. Inzwischen sei allerdings festgestellt worden, dass es sich bei beidem um Imitationen handele.

Im Dom sei zurzeit – quasi „undercover" – der vorübergehend verdächtige Privatdetektiv Bengt Ole Wulf, allen besser bekannt als Beo, unterwegs, um die Vorgänge dort zu beobachten. Beo habe übrigens maßgeblich dazu beigetragen, dass die Identität und weitere Merkmale des Domtäters festgestellt werden konnten. Der sei 43 Jahre alt, nicht verheiratet, Informatiker und Elektronikfachmann und zuletzt mehrere Jahre für einen Elektronikversand in Süddeutschland tätig gewesen. Von dort habe man vor ein paar Tagen eine Kopie der Personalakte erhalten.

Brasche fragte, ob noch jemand etwas wissen wolle. Das war nicht der Fall.

## Abdrücke

Brasche, Lüdenkamp und Helen Echters saßen in Brasches Raum um einen kleinen runden Tisch. Vor ihnen stand jeweils ein Becher Kaffee. Alle drei tranken ihn schwarz. Und ohne Zucker.

Brasche eröffnete das Gespräch: „Frau Dr. Echters, wir wissen inzwischen, dass Sie zu dem kleinen Kreis von Personen gehören, die unter der Bezeichnung ‚AKTION ANTI FASSADE' Stimmung gegen den Wiederaufbau der Historischen Rathausfassade machen wollen."

„Ja, das ist richtig."

„Als wir zuletzt miteinander gesprochen haben, da haben Sie gesagt, dass Ihr Freund die schwarze Folie für eine Aktion benutzen wollte, über die Sie nichts Näheres wüssten. Jetzt stellt sich heraus, dass Sie daran beteiligt sind. Wie passt das zusammen?", wollte Brasche wissen.

„Erstens ist Herr Gottschall nicht ‚mein' Freund, sondern ‚ein' Freund. Zweitens wollten wir unsere Aktivitäten so lange wie möglich geheim halten. Deshalb habe ich Ihnen auch nichts davon erzählt. Außerdem bin ich ja auch nicht aktiv daran beteiligt. Ich arbeite mehr im Hintergrund und leiste geistigen Beistand."

„Oh! Das erklärt einiges. Zum Beispiel, dass Ihre Fingerabdrücke nicht am Tatort gefunden worden sind. Sie waren doch nicht am Tatort?", fragte Lüdenkamp.

„Nein, natürlich nicht!“, kam die spontane Antwort. „Ich nehme an, dass Sie die Baustelle auf dem Großen Markt meinen. Ich habe es selbstverständlich den Herren überlassen, über Zäune zu klettern und Folien auf Paletten zu tackern.“ Helen Echters Stimme klang, als wenn sie über etwas ganz Widerliches spräche.

„Aber Herr Theine ist Ihr Freund?“, wollte Brasche wissen.

„Herr Theine war ‚mein‘ Freund. Inzwischen ist er ‚ein‘ Freund.“

„Wieso das?“, hakte Lüdenkamp nach. Und er startete einen Versuchsballon: „Ist es nicht so, dass Herr Theine Ihretwegen seinen Job in Süddeutschland aufgegeben hat und hierher nach Wesel gezogen ist?“

„Das stimmt. Aber Dinge geschehen und Dinge vergehen, wie man so schön sagt.“

„Gibt es einen besonderen Grund für Ihre Trennung von Herrn Theine?“, fragte Brasche.

„Nein. Außerdem habe ich nicht von einer Trennung gesprochen. Wir sind nur einfach nicht mehr zusammen.“

„Und wo Herr Theine sich zurzeit aufhält, wissen Sie nicht?“

„Nein, Herr Lüdenkamp. Ich vermute, dass er beruflich unterwegs ist. In seinem Job ist er heute hier und morgen da. In ganz Deutschland.“

„Und was ist sein Job?“, fragte Brasche.

„Soweit ich weiß, ist er als Service-Elektroniker für eine Kranbaufirma tätig."

„Kranbau?", fragte Lüdenkamp verdutzt. „Solche Kräne wie der auf dem Großen Markt?"

„Ja. Alle Arten von Kränen. Auch solche. Alles, was elektronisch gesteuert wird."

Brasche und Lüdenkamp blickten sich an. Sie konnten nicht fassen, was sie gerade gehört hatten.

„Wissen Sie, ob Herr Theine auch auf der Baustelle am Großen Markt zu tun hatte?", wollte Brasche wissen.

„Nein, das weiß ich nicht. Was er in den letzten Monaten gemacht hat, kann ich nicht sagen."

„Gut", sagte Lüdenkamp. „Hätten Sie etwas dagegen, Ihre Fingerabdrücke abnehmen zu lassen?"

„Haben Sie nicht vorhin gesagt, meine Fingerabdrücke seien nicht am Tatort gefunden worden. Wie haben Sie das denn festgestellt?"

„Das stimmt. Aber besser wäre es schon, wenn wir Ihre Abdrücke tatsächlich hätten. Auch in Ihrem Interesse, um Sie gegebenenfalls ausschließen zu können. Also?"

„Ich habe nichts zu verbergen. Meine Fingerabdrücke können Sie gern haben."

„Danke." Lüdenkamp brachte sie zur Spurensicherung.

Stefan Theine wurde bundesweit zur Fahndung ausgeschrieben. Bereits am nächsten Vormittag wurde er am

Düsseldorfer Flughafen aufgegriffen und unverzüglich zur Kreispolizeibehörde Wesel überstellt.

**Trio**

Ein Kellner meldete sich beim KK 11. Er war zwei Wochen lang im Urlaub in Griechenland gewesen. Erst nach seiner Rückkehr hatte er von dem Toten am Kran erfahren. Er konnte sich erinnern, dass an dem besagten Abend unter anderem drei Gäste – eine Frau und zwei Männer – von ihm bedient worden waren. Sie waren ihm aufgefallen, weil sie offenbar bester Stimmung waren und diverse Ouzos zu sich genommen hatten.

„Können Sie die Gäste beschreiben?", fragte Lüdenkamp.

„Ja. Von der Frau habe ich ein Bild in der Zeitung gesehen. Die Blondine mit der Sonnenbrille."

„Haben Sie sich die Zeitung nach Griechenland nachsenden lassen?", wollte Brasche wissen.

„Nein, das nicht. Aber ich habe meinen Chef gebeten, mir alle Zeitungen aufzubewahren. Gestern habe ich den ganzen Stapel durchgesehen und das Foto entdeckt. Und das Foto von dem Toten am Kran. Das ist einer der beiden männlichen Gäste."

„Sind Sie sicher?", fragte Lüdenkamp.

„Ganz sicher. Ich habe den Mann in unserem Restaurant zum ersten Mal gesehen. Davor und danach nicht mehr. Aber ich bin hundertprozentig sicher. Das Gesicht und die auffallend langen schwarzen Haare. Das ist ein Typ, den man in Erinnerung behält."

„Sie wissen aber nicht, wer der Mann ist?“

„Nein. Ich sagte ja schon: Ich habe ihn nur einmal gesehen.“

„Und wie er heißt, wissen Sie natürlich auch nicht?“

„Nein. Aber die blonde Frau hat ihn, glaube ich, mit Raoul angeredet.“

„Raoul? Ein Ausländer?“, fragte Lüdenkamp.

„Das weiß ich nicht. Er hat perfekt deutsch gesprochen. Ohne irgendeinen Akzent. So weit ich das beurteilen kann.“

„Und der andere Mann?“, wollte Brasche wissen.

„Der ist schon öfter bei uns im Lokal gewesen. Manchmal zusammen mit der blonden Frau, manchmal auch allein. Ein guter Gast, fast schon ein Stammgast. Der heißt, glaube ich, Stefan.“

„Gut.“ Brasche kam jetzt auf ein anderes Thema. „Was haben die Drei an dem Abend bei Ihnen gemacht?“

„Die haben zuerst gegessen. Anschließend sind sie noch mehrere Stunden dageblieben, haben einiges getrunken und waren lustig.“

„Wie, waren lustig? Haben sie Witze erzählt?“, hakte Lüdenkamp nach.

„Das vielleicht auch. Das weiß ich nicht genau. Ich habe ja nicht zugehört. Dann haben sie sich irgendwann von mir ein Blatt Papier und einen Kugelschreiber geben lassen.“

„Wozu?“

„Die haben um irgendetwas gewettet und wollten das aufschreiben. Anschließend haben alle drei unterschrieben."

„Die Frau auch?"

„Ja. Die Frau auch. Ich glaube, die war so etwas wie eine Zeugin."

„Worum es bei der Wette ging, wissen Sie nicht?"

„Nein. Ich hatte mit den anderen Gästen zu tun. Es war ziemlich voll an dem Abend."

„Wann sind die drei an dem Abend gekommen, und wie lange sind sie geblieben?", fragte Brasche.

„Die hatten einen Tisch bestellt. Ich glaube, für neun, also 21 Uhr. Und gegangen sind sie …. Moment, die sind gar nicht zusammen gegangen. Zuerst ist die Frau verschwunden. Dann der Mann mit den schwarzen Haaren, also der Tote. Und zum Schluss der andere Mann. Der hat vielleicht noch eine halbe Stunde allein an dem Tisch gesessen. Dann ist er auch gegangen."

„Wann war das?"

„Das muss ungefähr um eins, halb zwei nachts gewesen sein. Er gehörte zu den letzten Gästen."

„Danke, Sie haben uns sehr geholfen".

## Wirrungen

Brasche und Lüdenkamp verhörten Theine gemeinsam. Er wurde darauf hingewiesen, dass er in dem Verdacht stand, für den Tod des Unbekannten auf der Baustelle am Großen Markt verantwortlich zu sein. Außerdem werde gegen ihn – allerdings in einer anderen Abteilung – wegen der Manipulation der elektronischen Steuerungen des Glockenspiels und des Läutewerks am Weseler Willibrordi-Dom ermittelt.

Theine machte die üblichen Angaben zur Person. Dann wurde er zunächst zu den Vorgängen im Dom befragt. Theine gab bereitwillig Auskunft. Er versuchte gar nicht erst, die Dinge zu leugnen oder zu beschönigen. Er gab die Manipulation des Glockenspiels zu. Mit den großen Glocken habe er aber nichts zu tun.

Weiter sagte er aus, er sei im Sommer 2009 aus Süddeutschland nach Wesel gekommen, nachdem er Helen Echters kennengelernt hatte. Sie hatten sich in einander verliebt und eine schöne Zeit zusammen verbracht. Theine war in dieser Zeit beruflich viel unterwegs – er war freiberuflicher Spezialist für elektronische Steuerungen von Baukränen und Industrieanlagen. Vorher hatte er praktisch dasselbe für eine süddeutsche Firma gemacht, nur als Angestellter.

Schon seit Jahren hatte er, wann immer es ihm zeitlich möglich war, ein Fitnessstudio besucht, um sich fit zu halten. Das hatte er auch in Wesel so gehalten. Bei einer der Trainingsstunden hatte er einen gebürtigen Argentinier, Raoul Mendoza, kennengelernt. Sie hatten sich von Anfang an gut verstanden und sich regelmäßig im Studio getroffen. Dabei hatten sie sich irgendwann auf einen Wettbewerb eingelassen, wer am fittesten war. Theine hatte es dabei nicht ganz leicht, weil sein Konkurrent begeisterter Hobby-Bergsteiger und Kletterer war. Er hatte schon einige anspruchsvolle Berge erklommen und auch keine Gelegenheit ausgelassen, sich an allen möglichen Kletterwänden und Hochseilgärten auszutoben.

Eines Tages kam Theine auf die Idee, Raoul zu einem ganz ungewöhnlichen Wettbewerb herauszufordern. Er hatte seit Wochen voller Interesse die Arbeiten an der Rathausfassade auf dem Großen Markt in Wesel beobachtet. Und er hatte schon ganz oft dem Glockenspiel auf dem benachbarten Dom zugehört. Er liebte Glockenspiele, nicht nur wegen der wunderbaren Klänge, sondern vor allem wegen der dahintersteckenden Technik. Theine stellte sich vor, dass die beiden jeweils in der Disziplin gegeneinander antreten sollten, die sie am besten beherrschten: Klettern gegen Elektronik.

„Wann ist Ihnen diese Idee gekommen?", fragte Brasche.

„Ach, das ist schon eine ganze Zeit her. Ich war zwischendurch immer wieder auf Reisen in ganz Deutschland. Ich musste ja Geld verdienen. Aber dann kam ein ganz blöder Zufall dazwischen, der alles durcheinandergebracht hat."

„Ja?", fragte Lüdenkamp gespannt.

„Als ich im April wieder einmal für eine ganze Woche nach Frankfurt musste, ist meine Freundin allein in die Türkei geflogen."

„Sie meinen Frau Dr. Echters?"

„Ja. In ihrem Kurzurlaub hat sie einen anderen Mann kennen- und offenbar auch liebengelernt."

„Oh. Das ist natürlich nicht so schön", sagte Lüdenkamp. „Aber so etwas passiert."

„Stimmt. Aber in diesem Fall handelte es sich um Raoul Mendoza."

„Das ist ja unglaublich", sagte Brasche. „Ihre Freundin und Ihr Freund sind an denselben Ort in der Türkei geflogen und haben sich da kennengelernt?"

„So ist es."

„Und dann?", wollte Brasche wissen.

„Dann mussten wir lernen, mit der Situation fertig zu werden. Das war am Anfang ganz schön schwierig."

„Das kann ich mir gut vorstellen", stellte Lüdenkamp fest. „Und heute?"

„Heute geht das ganz gut. Wir sind alle drei befreundet. Allerdings musste ich mir eine neue Bleibe suchen. Raoul ist inzwischen bei Helen eingezogen."

„Sie müssen doch einen ganz schönen Groll auf Ihren Freund Raoul gehabt haben", vermutete Lüdenkamp. „Haben Sie ihn deswegen umgebracht?"

„Ich ihn umgebracht? Wie kommen Sie denn darauf?", fragte Theine empört zurück. „Erstens könnte ich keiner Fliege etwas antun. Und zweitens sehe ich doch, wie gut Raoul und Helen miteinander auskommen. Das würde ich nie kaputt machen!"

„Irgendjemand hat das aber kaputt gemacht", stelle Brasche fest. „Wenn Sie es nicht waren, wer war es dann?"

„Ich jedenfalls nicht!" Theine klang ziemlich erregt.

„Noch mal zurück zu Ihrer Wette. Wie lautete die denn nun?", wollte Lüdenkamp wissen.

„Wir haben gewettet, dass Raoul es nicht schafft, ohne Hilfsmittel an dem Kran hochzuklettern bis zur Mitte des Auslegers."

„Oh, die Vorstellung finde ich ausgesprochen gruselig", bemerkte Brasche, der unter Höhenangst litt.

„Ja, schon", erwiderte Theine. „Aber für einen durchtrainierten Kletterer sieht das schon anders aus. Für den ist das eine sportliche Herausforderung."

„Und Ihre Gegenwette?"

„Dass ich es nicht schaffe, in die Liedfolge des Dom-Glockenspiels einen aktuellen Titel von Lena einzuprogrammieren, der dann auch tatsächlich mindestens einmal zu hören sein musste."

„Weniger gruselig, aber sicher auch nicht ganz einfach. War Ihnen eigentlich klar, dass beides illegal ist?"

„Doch, schon. Aber das war ein zusätzlicher Kick, der die Sache noch spannender machte."

„Die Wette haben Sie an dem Abend, als Ihr Freund Raoul umgekommen ist, in einem griechischen Restaurant abgeschlossen?", fragte Lüdenkamp.

„Oh", erwiderte Theine erstaunt. „Sie wissen das schon?"

„Ja. Der Kellner hat sich an Sie drei erinnert, und er hat auch etwas von einer Wette mitbekommen. Er hat Ihnen ja etwas zum Schreiben besorgt, damit Sie Ihre Vereinbarung aufschreiben konnten."

„Ja, das stimmt. Das war ein recht fröhlicher Abend."

„Der dann nicht fröhlich zu Ende gegangen ist", sagte Brasche.

**Abgestürzt**

Die Vernehmung Theines wurde nach einer kurzen Pause fortgesetzt.

„Haben Sie Ihre Wette denn nun gewonnen?“, fragte Brasche.

„Das ist mir ziemlich scheißegal!“, erwiderte Theine. „Entschuldigung. Aber das hatten wir uns alles ganz anders gedacht. Die ganze Sache ist dann völlig aus dem Ruder gelaufen.“

„Wie das?“, wollte Lüdenkamp wissen.

„Als wir unsere Wette abgeschlossen hatten und nach Hause gehen wollten, hatten wir alle wahrscheinlich ein paar Ouzos zu viel inhaliert. Raoul ist der Alkohol jedenfalls nicht gut bekommen.“

„Wie äußerte sich das?“, fragte Brasche.

„Er war zum Schluss schon in dem Lokal etwas merkwürdig. Er erzählte plötzlich ganz euphorisch von seiner Heimat Argentinien. Er schwärmte regelrecht von der Landschaft und vor allem von den Leuten. Das hat er sonst nie gemacht. Dann, als er aufstehen wollte, schwankte er. Das war aber gleich wieder weg. Wir haben uns dann verabschiedet und sind gegangen.“

„Alle drei?“, fragte Lüdenkamp.

„Ach nein. Helen ist ja schon eine halbe Stunde eher weggegangen.“

„Warum?“

„Das weiß ich nicht."

„Und dann?"

„Dann ist Raoul gegangen."

„Sie sind noch geblieben?"

„Ja, vielleicht eine halbe Stunde. Dann habe ich mich auch auf den Heimweg gemacht."

„Mit dem Auto?"

„Nein, zu Fuß. Fahren konnte keiner mehr."

„Und dann?", wollte Lüdenkamp wissen.

„Dann hatte ich plötzlich ein ganz merkwürdiges Gefühl. So wie vor einem drohenden Unwetter. Es war aber nichts. Der Himmel war zwar leicht bewölkt. Mehr aber auch nicht."

„Und dann?"

„Dann bin ich umgekehrt. Ich war schon ein ganzes Stück zu dem Hotel gelaufen, in dem ich zurzeit wohne. Als ich wieder auf dem Großen Markt ankam, war alles ruhig. Vorsichtshalber bis ich einmal um den Großen Markt und um den Dom gegangen. Da war nichts. Dann habe ich in der Fassaden-Baustelle nachgesehen."

„Was heißt nachgesehen? Haben Sie über den Zaun geschaut oder sind Sie darübergeklettert?"

„Ich bin hineingegangen."

„Wie sind Sie da hineingekommen?", wollte Brasche wissen.

„Ich habe einen Schlüssel zum Tor. Den habe ich noch von damals, als ich den Kran programmiert habe."

„Sie haben den Kran auf dem Großen Markt programmiert?", fragte Lüdenkamp erstaunt.

„Ja. Ich arbeite unter anderem auch für die Firma, die den Kran aufgestellt hat."

„Gut. Und dann?", fragte Brasche leicht ungeduldig.

„Dann habe ich Raoul gesehen. Er lag unter dem Kranausleger auf einem der Steinpakete."

„Wie lag er da?"

„Auf dem Rücken. Lang ausgestreckt. Um seinen Kopf herum eine Blutlache. Mit war sofort klar, dass er abgestürzt war. Und dass er tot war."

„Wie haben Sie das festgestellt?"

„Ich habe seinen Puls gesucht. Am Handgelenk und am Hals. Da war absolut nichts."

„Was ist Ihnen noch aufgefallen?", wollte Brasche wissen.

„Raoul war völlig nackt. Er hatte nur seine Sportschuhe an, die ich aus dem Fitnessstudio kenne. Und seine Armbanduhr, auf die er sehr stolz war."

„Weiter nichts?"

„Nein. Alles andere war weg. Keine Kleidung, kein Handy, kein Portemonnaie, keine Brieftasche. Einfach nichts."

„Was haben Sie dann gemacht?", fragte Lüdenkamp.

„Dann habe ich Helen angerufen und ihr erzählt, was passiert ist. Die ist dann sofort gekommen, um mir zu helfen."

„Was meinen Sie mit ‚sofort'?"

„Helen war ziemlich schnell da. Das hat höchstens ein paar Minuten gedauert."

„Aha. Auf die Idee, die Polizei oder 112 zu rufen, sind Sie nicht gekommen?", fragte Brasche etwas vorwurfsvoll.

„Ich habe natürlich daran gedacht. Aber dann hatte ich plötzlich Angst, dass ich da in etwas hineingezogen werde. Wegen der Wette. Und weil Helen zuerst meine Freundin war und jetzt Raouls. Da hätte man denken können, dass ich etwas mit Raouls Tod zu tun habe. Ich war völlig panisch, als Helen endlich ankam. Die hat mich zuerst einmal beruhigt."

„Und dann?"

„Dann haben wir kurz überlegt und sind zu dem Entschluss gekommen, dass es am besten wäre, wenn es so aussieht, als wenn Raoul sich selbst umgebracht hat. Hat er ja auch! Wollte er wahrscheinlich nicht, aber de facto hat er es doch!"

„Das wird alles noch zu klären sein", sagte Brasche. „Jetzt interessiert mich erst einmal, was Sie mit dem Toten gemacht haben."

„Wir haben gedacht, wenn er an dem Kran hängt, dann sieht das so aus, als wenn er es selbst gemacht hätte. Also haben wir nach etwas Geeignetem gesucht, wo wir ihn drauflegen konnten. Da lag eine Palette mitten zwischen den Steinpaketen. Die war mit einer dunklen

Folie beklebt und schien uns gut für unsere Zwecke geeignet. Wir haben Raoul der Länge nach daraufgelegt. Das war gar nicht so einfach. Dann habe ich die Fernbedienung geholt. Ich wusste ja, wo die versteckt ist. Die haben wir Raoul in die Hand gedrückt. Dann habe ich das Krangehäuse geöffnet, den Kran in Betrieb gesetzt und den Haken über die Palette gebracht."

„Hatten Sie für das Krangehäuse auch einen Schlüssel?", wollte Lüdenkamp wissen.

„Nein. Den brauchte ich nicht. Ich weiß, wie man das Gehäuse auch ohne Schlüssel aufbekommt."

„Und dann?", fragte Brasche ungeduldig.

„Dann habe ich mit vier dafür vorgesehenen Seilen, die am Rand der Baustelle lagen, die Palette an den Haken gehängt und nach oben ziehen lassen."

„Und sind dann wieder verschwunden?", vermutete Lüdenkamp.

„Noch nicht ganz. Wir mussten erst noch das Blut entfernen, da, wo Raoul gelegen hatte. Ich habe mit einem Teppichmesser die Folie rund um die Palette abgeschnitten. Die haben wir dann vorsichtig zusammengefaltet und mitgenommen."

„Woher hatten Sie das Teppichmesser?"

„Das habe ich immer bei mir. Berufskrankheit! Messer, Schraubenzieher, Kombizange, so was kann man immer brauchen."

„Gut. Dann sind Sie verschwunden?"

„Dann sind wir schnellstens verschwunden."

„Noch mal zu Ihrem Freund Raoul", sagte Brasche.

„Sie wissen wirklich nicht, warum er sich zum Schluss in dem Lokal so merkwürdig verhalten hat?"

„Ich denke, das lag am Alkohol. Er kann, ... er konnte wohl nicht allzu viel vertragen."

„Einen anderen Grund können Sie sich nicht vorstellen?", hakte Brasche nach. „Und Sie haben nicht zu seinem Zustand beigetragen?"

„Wie hätte ich das denn machen sollen?"

„Zum Beispiel, indem Sie ihn zum Trinken animierten?"

„Das habe ich nicht getan. Wir sind drei erwachsene Menschen. Da bestimmt jeder selbst, wieviel er trinkt", sagte Theine empört.

„Und Sie haben ihm nicht irgendetwas in seine Getränke getan, das zu seinem merkwürdigen Zustand beitragen konnte?", fragte Lüdenkamp.

„Nein! Was sollte das denn sein?"

„Okay. Machen wir eine Pause", sagte Brasche.

## Erregung

Brasche und Lüdenkamp setzten sich mit einer Tasse Kaffee in Brasches Raum.

„Glaubst du ihm?“, fragte Brasche.

„Ja. Ich glaube ihm. Er war so offen und hat nichts abgestritten. Außerdem hat er den Ablauf am Tatort ziemlich plausibel geschildert“, sagte Lüdenkamp.

„Ich sehe das genauso“, sagte Brasche. „Nach Theines Aussage handelt es sich vermutlich doch um einen Unfall. Der Gute, ich meine Raoul, ist offenbar in ziemlich betrunkenem Zustand am Kran hochgeklettert, hat oben die Balance verloren und ist abgestürzt.“

„Das kann so passiert sein“, stimmte Lüdenkamp zu. „Aber was ich absolut nicht verstehe: Warum hat er sich vorher ausgezogen? Und warum ist er überhaupt auf die Baustelle gegangen? Er wollte doch – wie die beiden anderen – nach Hause?“

„Wahrscheinlich hat der Alkohol, in Verbindung mit den K.-o.-Tropfen, seine Steuerungsfähigkeit beeinflusst. Gottschall hat ja ausgesagt, dass Raoul ziemlich merkwürdiges Zeug gebrabbelt hat. Der war vermutlich nicht mehr ganz zurechnungsfähig.“

„Mag alles sein. Suizid können wir wahrscheinlich ausschließen. Aber an der Unfallversion habe ich noch erhebliche Zweifel. Wo sind die Kleidungsstücke und die persönlichen Sachen des Toten geblieben? Wenn

Theine und Frau Dr. Echters sie nicht gefunden und mitgenommen haben, muss da noch jemand im Spiel sein", vermutete Lüdenkamp.

„Bei dem Betrieb auf der Baustelle, wie ihn Gottschall beschrieben hat, wäre das kein Wunder", meinte Brasche.

„Ich habe da meine Zweifel: Was Gottschall erzählt hat, muss sich kurz vor dem Todesfall abgespielt haben. Theine kam höchsten eine halbe Stunde später auf der Baustelle an. In dieser halben Stunde war Raoul anwesend. Zuerst als Kletterer und dann als Leiche. Wer auch immer die Kleidungsstücke entwendet hat, der muss mitbekommen haben, wie Raoul auf den Kran stieg und abstürzte."

„Stimmt", sagte Brasche. „Übrigens: Wir sollten die Frau Doktor zu einem Gespräch abholen lassen. Da ist nach der Aussage von Theine Einiges zu klären."

„Stimmt. Das kann Achtel machen."

Achtel wurde beauftragt, Helen Echters zu einer Zeugenvernehmung zum Kriminalkommissariat zu holen.

Die Vernehmung wurde fortgesetzt. Brasche und Lüdenkamp gingen den Ablauf des Geschehens in der Tatnacht noch einmal ganz detailliert durch. Theine blieb in allen Punkten bei dem, was er schon vorher ausgesagt hatte. Insbesondere interessierten sich die beiden

Vernehmungsbeamten dafür, warum Theine nach seiner Entdeckung des Toten nicht die Polizei oder einen Arzt zu Hilfe gerufen hätte.

„Ich war total von der Rolle. Ich war der festen Überzeugung, dass Raoul – wie Helen und ich – nach Hause gegangen war. Da lag er plötzlich vor mir! Nackt und tot und blutend. Da habe ich nur noch panisch reagiert. Ich dachte: ‚Der muss hier weg! Sonst sind wir alle dran!' Dann habe ich Helen angerufen."

„Was heißt: Sonst sind wir alle dran?", wollte Lüdenkamp wissen.

„Ach, ich weiß auch nicht. Ich konnte nicht mehr klar denken. Ich hatte ja nichts getan. Und trotzdem. Sind Sie schon mal in einer solchen Situation gewesen?", fragte Theine.

„Zugegeben, in genau so einer noch nicht. Aber den Anblick von Toten sind wir natürlich gewohnt", erwiderte Brasche.

„Der Tote war immerhin mein Freund!", fügte Theine hinzu.

„Der Ihnen vor Kurzem die Frau ausgespannt hat", fügte Lüdenkamp hinzu.

„Das spielt hier absolut keine Rolle!", rief Theine erregt. „Wir haben ein gutes freundschaftliches Verhältnis. Alle drei. Vielmehr: Wir hatten ein … Ach, ich weiß gar nicht, was jetzt werden soll", sagte Theine traurig.

„Wir machen hier erst einmal Schluss“, erklärte Brasche. „Sie können gehen, aber halten Sie sich bitte zur Verfügung.“

„Sie wollen mich nicht verhaften?“, fragte Theine erstaunt.

„Nein. Zurzeit nicht“, erwiderte Brasche.

## Wahrheiten

Inzwischen war Achtel mit Helen Echters im KK 11 angekommen. Brasche und Lüdenkamp begrüßten sie. Lüdenkamp begann: „Guten Tag, Frau Dr. Echters. Bei der Befragung von Herrn Theine hat sich unter anderem herausgestellt, dass Sie an den Vorgängen auf der Baustelle am Großen Markt doch in einem weit größeren Maß beteiligt waren, als Sie uns erzählt haben. Das muss aufgeklärt werden. Deswegen sitzen wir jetzt hier. Im gegenwärtigen Stand unserer Ermittlungen werden Sie als Zeugin befragt."

„Gerne", sagte Helen Echters. „Ich habe nichts zu verbergen, und ich habe auch nichts getan."

„Sie haben schon etwas getan. Sie haben uns nämlich nicht die Wahrheit gesagt ", erwiderte Lüdenkamp.

„Wieso? Das kann ich mir nun gar nicht vorstellen", antwortete Helen Echters schnippisch.

„Sie haben uns in unserem letzten Gespräch versichert, dass Sie Herrn Theine seit Monaten nicht mehr gesehen haben", hielt Brache ihr vor.

„Na und?", kam die prompte Gegenfrage.

„Wir wissen jetzt, dass Sie an dem Abend, als auf der Fassaden-Baustelle am Großen Markt ein Toter am Kran hing, mit zwei Männern beim Griechen saßen und fröhlich gegessen und getrunken haben."

„Ja, das stimmt. Ist das etwa verboten?"

„Nein, das nicht. Aber Sie hätten uns schon sagen sollen, dass einer Ihrer Begleiter Herr Theine war“, sagte Lüdenkamp.

„Wer behauptet das?“, fragte Helen Echters.

„Der Kellner, der Sie an dem Abend bedient hat, und ‚ein' Freund von Ihnen: Stefan Theine.“

„Dann wird das wohl stimmen.“

„Und warum haben Sie uns das nicht gesagt?“, fragte Brasche vorwurfsvoll.

„Ich habe es wohl nicht für so wichtig gehalten.“

„Es kommt noch besser“, fuhr Brasche fort. „Können Sie sich erinnern, wer Ihr zweiter Begleiter an dem bewussten Abend war?“

„Nein. Sagen Sie es mir!“, erwiderte Helen Echters.

„Das war ‚Ihr' Freund Raoul Mendoza, den Sie ein Vierteljahr vorher in der Türkei kennengelernt hatten, und der der Grund dafür war, dass sich Herr Theine eine neue Bleibe suchen musste.“

„Das Letztere geht Sie nichts an“, erklärte Helen Echters. „Und das andere … Ja, es stimmt. Raoul und ich sind uns im Urlaub in der Türkei in einem dieser riesigen Basare zwischen Antalya und Alanya begegnet. Er hat sich da seine Uhr gekauft und ich eine Handtasche.“

„Also beide nicht ganz echt?“, vermutete Lüdenkamp.

„Das kann schon sein. Da ist jedenfalls alles viel preiswerter als in Deutschland. Bei meiner Gucci-Tasche habe ich bestimmt die Hälfte gespart.“

„Und seitdem waren Sie mit Raoul Mendoza zusammen?“, fragte Brasche.

„Ja. Bis zu dem Abend beim Griechen. Danach war er plötzlich verschwunden.“

„Wie verschwunden?“, fragte Brasche erstaunt. „Sie wollen allen Ernstes behaupten, dass Sie ihn seitdem nicht mehr gesehen haben?“

„Nein. Ich habe überall herumgefragt. Er war einfach weg.“

„Sie haben sein Bild in der Zeitung nicht gesehen?“, wollte Lüdenkamp wissen.

„Nein. Ich lese selten Zeitung“, kam die Antwort.

„Und Sie haben ihn auch in der Nacht nach Ihrem gemeinsamen Besuch beim Griechen nicht noch einmal gesehen?“

„Nein. Ich bin ja schon früher gegangen. Ich war müde. Und dann ist er nicht nach Hause gekommen.“

Brasche ermahnte sie: „Frau Dr. Echters, ich fordere Sie eindringlich auf, hier nur die Wahrheit zu sagen und nichts als die Wahrheit. Es kann sein, dass Sie später vereidigt werden. Sie können bestraft werden, wenn Sie als Zeugin die Unwahrheit sagen.“

„Ich sage doch die Wahrheit!“

„Ihnen ist schon klar, dass wir Herrn Theine intensiv zu den Vorgängen auf dem Großen Markt befragt haben. Er hat uns bereitwillig Auskunft gegeben“, sagte Lüdenkamp.

„Ach so?“

„Wir wissen zum Beispiel, dass Herr Theine Sie angerufen hat, nachdem er den Toten auf der Baustelle entdeckt hatte“, hielt Brasche ihr vor.

„Hat er?“

„Was: Hat er?“

„Hat er den Toten entdeckt? Das war mir nicht bekannt!“, behauptete Dr. Echters.

„Nun stellen Sie sich nicht dümmer, als unbedingt notwendig ist. Sie haben doch mit Sicherheit in der Zwischenzeit mit ihm gesprochen!“, blaffte Brasche.

„Ich dachte, er ist tot!“, wandte Helen Echters ein.

„Nicht mit dem Toten. Mit Theine“, korrigierte Lüdenkamp.

„Was sollte er mir erzählt haben?“

„Nichts. Weil Sie alles schon wussten. Weil Sie selbst dabei waren.“

„Wo dabei?“

„Als Sie gemeinsam mit Herrn Theine Ihren Freund Raoul auf die Palette gepackt und hochgezogen haben.“

„Das ist ja abenteuerlich. Haben Sie etwa irgendwelche Spuren von mir gefunden?“

„Das wird noch untersucht.“

„Sie werden nichts finden!“

„Wieso?“

„Weil ich nicht da war!“

„Gut. Wir machen hier eine Pause“, erklärte Brasche.

Lüdenkamp und Brasche verließen den Raum. Sie waren sich schnell einig, dass Helen Echters jetzt verdächtig war, und sie ließen einen richterlichen Durchsuchungsbeschluss für ihr Haus beantragen.

## Motivation

Die Vernehmung von Helen Echters wurde fortgesetzt. Brasche teilte ihr mit, dass sie jetzt verdächtig sei, für den Tod von Raoul Mendoza verantwortlich zu sein. Zumindest eine Mitschuld zu tragen beziehungsweise eine Straftat verdeckt zu haben.

Helen Echters fragte empört: „Warum sollte ich meinen Freund denn umgebracht haben? Es lief doch alles bestens! Außerdem: Brauchen Sie nicht immer ein Motiv?"

„Das werden wir schon noch finden", sagte Lüdenkamp. „Es nützt Ihnen jedenfalls nichts mehr, alles abzustreiten, was Herr Theine schon zugegeben hat."

„Der lügt doch wie gedruckt! Wir sind doch nicht umsonst nicht mehr zusammen! Das hätten Sie manchmal hören müssen, was der so alles geredet hat."

„Herr Theine hat uns zum Beispiel erzählt, dass er Sie noch in der Nacht nach Ihrem Besuch beim Griechen angerufen und Ihnen mitgeteilt hat, dass Raoul Mendoza tot ist. Danach waren Sie sehr schnell am Tatort und haben ihm geholfen, die Leiche auf die Palette zu legen, die Palette mit dem Kran hochzuziehen und die Spuren zu beseitigen", sagte Lüdenkamp.

„Alles Schwachsinn! Ich war nie auf der Baustelle!" Helen Echters Stimme klang jetzt höher und lauter als vorher.

Achtel steckte seinen Kopf durch die Tür. Lüdenkamp ging hinaus. Achtel teilte ihm mit, dass der Richter den Durchsuchungsbeschluss unterschrieben hätte und die Experten bereits unterwegs seien.

Die Vernehmung ging weiter. Brasche fragte: „Frau Dr. Echters, Sie wissen vermutlich auch nicht, dass Ihr Freund Raoul und Herr Theine an jenem Abend beim Griechen eine Wette abgeschlossen haben?“

„Doch. Da wurde über irgend so eine kindische Männerwette gesprochen. Dafür habe ich mich aber nicht im Detail interessiert.“

„Sie haben nicht zufällig die schriftlich fixierte Wette als Zeugin unterschrieben?“, fragte Lüdenkamp.

„Daran kann ich mich nicht erinnern. Wir haben an dem Abend einiges getrunken. Deswegen habe ich das wahrscheinlich gar nicht mitbekommen.“

„Bei der Wette ging es darum, dass Herr Theine das Glockenspiel auf dem Willibrordi-Dom manipulieren wollte. Im Gegenzug wollte Ihr Freund Raoul auf den Kran an der Fassaden-Baustelle klettern.“

„Sagen Sie nicht immer ‚Ihr Freund Raoul'!“, keifte Helen Echters plötzlich.

„Oh, was ist denn jetzt passiert?“, fragte Brasche ganz erstaunt. „Ist Raoul nicht mehr ‚Ihr' Freund?“

„Ach, das nervt mich hier alles. Lassen Sie mich doch in Ruhe!“

„Das können wir leider nicht“, erwiderte Lüdenkamp. „Nicht, bevor Sie uns die Wahrheit gesagt haben.“

„Aber ich sage doch schon die ganze Zeit die Wahrheit.“

„Ihre Wahrheit ist leider nicht unsere Wahrheit“, bemerkte Brasche. „Eine weitere Frage: Was sagt Ihnen die Abkürzung GHB?“

„Was soll das sein?“

„Gamma-Hydroxybuttersäure?“

„Ich bin keine Chemikerin. Das sagt mir nichts.“

„Gut. Dann noch deutlicher: K.-o.-Tropfen?“

„Davon habe ich schon gehört. Das wird in Diskos manchmal Frauen ins Getränk gekippt, um sie gefügig zu machen.“

„Haben Sie so eine Partydroge schon einmal besessen?“, wollte Brasche wissen.

„Nein! Was sollte ich damit?“

„Damit könnte man zum Beispiel jemanden in eine gewünschte Stimmung bringen. Oder einschläfern. Oder sogar umbringen. Je nach Dosis“, erläuterte Lüdenkamp.

„Ja, und was soll ich damit?“, wiederholte Helen Echters ihre Frage.

„Wir wissen, dass Ihr Freund, also dass Raoul Mendoza an seinem Todestag eine solche Droge im Blut hatte. Ob er sie selbst zu sich genommen hat oder wer dafür verantwortlich zu machen ist, das wissen wir noch nicht. Aber wir werden es herausfinden“, sagte Brasche.

Achtel sorgte erneut für eine Unterbrechung. Er teilte Lüdenkamp mit, dass die Kollegen bei ihrer Hausdurchsuchung fündig geworden waren. Sie hatten unter anderem in einem Hohlraum unter der Garage eine mit Blut beschmierte Folie und Kleidungsstücke gefunden. Und im Bad, versteckt zwischen unzähligen anderen Utensilien, ein kleines Fläschchen mit der Aufschrift „GHB". Die gefundenen Gegenstände waren bereits auf dem Weg zur kriminaltechnischen Untersuchung.

Achtel bat Brasche kurz aus dem Vernehmungsraum und informierte ihn über diese neueste Entwicklung.

„Dann mal los!", sagte Brasche. Ihre Verdächtige war ihnen eine weitere Erklärung schuldig.

„Frau Dr. Echters", sagte Brasche. „Unsere Experten sehen sich gerade bei Ihnen zu Hause um. Die haben da schon interessante Dinge gefunden."

„Bei mir zu Hause? Sind Sie verrückt?", kreischte Dr. Echters. „Da ist doch keiner außer meiner Tochter!"

„Ihre Tochter?", fragte Brasche erstaunt. „Die wird dann wohl die Tür geöffnet haben."

„Aber Anna-Natalie ist doch noch so klein. Da kann man doch nicht …"

„Doch, man kann", sagte Lüdenkamp. „Im Übrigen haben Sie Ihre Tochter doch auch allein im Haus gelassen."

„Das ist sie gewöhnt. Aber nicht einen Überfall durch die Polizei!"

„Das hätten Sie sich und Ihrer Tochter ersparen können", sagte Brasche. „Wenn Sie uns freiwillig erzählt hätten, dass die auf der Baustelle verschwundene, mit Blut beschmierte Folie unter Ihrer Garage liegt. Zusammen mit den Kleidungsstücken von Raoul. Und dass Sie in Ihrem Badezimmer K.-o.-Tropfen aufbewahren. Aber vermutlich befindet sich das alles nur rein zufällig in Ihrem Haus."

„Damit habe ich nichts zu tun! Wer weiß, wer mir das untergejubelt hat! Theine? Oder vielleicht sogar Raoul?"

„Raoul ganz bestimmt nicht. Der war schon viel zu tot, als die Folie und die Kleidungsstücke von der Baustelle in Ihr Haus transportiert worden sind. Und Theine? Der hat bereits zugegeben, dass er mit Ihnen gemeinsam die Folie mitgenommen hat. Aber nicht die Kleidungsstücke! Warum sollte er ausgerechnet das so vehement bestreiten? Das Blut auf der Folie ist doch viel brisanter!"

Lüdenkamp fragte: „Wo sind Sie eigentlich gewesen, nachdem Sie das Lokal verlassen hatten?"

„Ich bin sofort nach Hause gegangen."

„Und dann hat Theine Sie angerufen?"

„Ja, dann hat Theine mich angerufen. Er brauchte ja Hilfe."

„Und dann sind Sie wieder zum Großen Markt gegangen?", fragte Brasche.

„Ja."

„Oder gefahren?"

„Nein. Gegangen. Wir hatten doch alle drei zu viel Alkohol getrunken."

„Wie lange dauerte es dann, bis Sie wieder am Großen Markt angekommen waren?"

„Ich schätze, ungefähr eine halbe Stunde."

„Theine hat ausgesagt, dass Sie ziemlich schnell wieder da waren. Innerhalb von wenigen Minuten. Das werden wir noch nachprüfen. Hat Sie zu Hause jemand gesehen. Ich meine, zwischendurch?", fragte Brasche.

„Nein. Meine Tochter war an dem Abend nicht zu Hause. Sie schläft oft bei einer Freundin."

„Bei einer Freundin Ihrer Tochter? Oder bei Ihrer Freundin?"

„Bei einer meiner Freundinnen."

„Gut", sagte Brasche. „Auch das werden wir nachprüfen. Was ist denn jetzt mit den K.-o.-Tropfen? Wie kommen die in Ihr Badezimmer?"

„Das weiß ich doch nicht!"

„Frau Dr. Echters", sagte Lüdenkamp eindringlich. „Unsere Experten sind eifrig an der Arbeit. Wenn Ihre Fingerabdrücke auf dem Fläschchen gefunden werden, dann nützt Ihnen alles Abstreiten nichts. Geben Sie doch zu, dass Sie Ihrem Freund ein paar Tropfen davon in eines der Getränke gegeben haben, die er am Tatabend zu sich genommen hat. Wir stellen das sowieso fest. Und selbst, wenn Sie an der Baustelle Handschuhe getragen haben sollten: Wir haben inzwischen so viele interessante Gegenstände. An irgendeinem finden wir Spuren von Ihnen. Darauf können Sie wetten!"

„Das mit dem Wetten wollen wir mal lieber lassen", meinte Brasche. „Das ist schon einmal schiefgegangen. Aber mein Kollege hat recht. Sie sollten jetzt wirklich die Wahrheit sagen. Sie stecken schon viel zu tief drin!"

Helen Echters holte tief Luft. Sie hielt sich eine Hand vor die Augen und dachte nach. Dann, nach fast einer Minute, brach es förmlich aus ihr heraus: „Das hat doch alles keinen Zweck! Sie haben ja keine Ahnung, was wirklich los war! Ich musste doch meine Tochter schützen! Das Schwein! Hat sich an mich rangemacht, meinte aber in Wirklichkeit meine kleine Anna-Natalie!"

„Wen meinen Sie?", fragte Brasche verblüfft. „Wer ist ‚das Schwein'?"

„Raoul. Der wusste von Theine, dass ich allein in die Türkei fliege. Das heißt, nicht allein. Anna-Natalie war bei mir. Die konnte ich ja nicht hier lassen. Alles hätte so schön sein können. Dann begegnete uns Raoul. Ganz zufällig! Der ist dann die ganzen Tage um uns herumscharwenzelt und hat so getan, als wenn er in mich verliebt wäre. Liebe auf den ersten Blick! Und ich dummes Schaf habe das geglaubt! Als wir dann wieder in Wesel waren, ist er gleich bei uns eingezogen. Als Theine zurückkam, hat er ziemlich dumm aus der Wäsche geguckt. Aber er hat es akzeptiert und sich davongemacht."

„Das klingt doch alles ganz harmonisch", sagte Lüdenkamp. „Was ist denn danach passiert?"

„Vor ungefähr zwei Wochen habe ich herausbekommen, womit sich Raoul immer so lange im Internet beschäftigt hat. Er wollte dann immer allein in seinem Zimmer sein. Aber einmal hat er seinen Laptop aus Versehen nicht ausgestellt, bevor er das Haus verließ. Da habe ich es entdeckt: kinderpornografische Fotos und solche Seiten! Widerlich! Mich hat fast der Schlag getroffen! Ich habe den Laptop schnell runtergefahren und zugeklappt. So ein Schwein!"

„Deshalb schläft Ihre Tochter in letzter Zeit manchmal bei einer Freundin?", vermutete Lüdenkamp.

„Genau. Ich bin oft nicht zu Hause und wollte meine Tochter natürlich nicht mit diesem Menschen allein lassen."

„Haben Sie mit Herrn Mendoza darüber gesprochen?"

„Nein, habe ich nicht. Ich habe pausenlos überlegt, was ich tun soll. Aber mir ist bisher noch keine Lösung eingefallen."

„Was haben Sie Herrn Mendoza gesagt, warum Ihre Tochter nicht mehr zu Hause ist?"

„Ich habe alle möglichen Gründe aufgezählt. Aber nicht die Wahrheit."

„Das war natürlich keine Lösung", sagte Brasche.

„Und dann sind Sie auf die Idee mit den K.o.-Tropfen gekommen?"

„Ja, ich hatte darüber gelesen. Die schienen mir geeignet, ihn erstmal aus dem Verkehr zu ziehen. Weil sie so unterschiedliche Wirkungen haben können. Von benebelt bis Totalausfall. Bei Überdosis können sie sogar zum Tod führen."

„Was ja auch passiert ist", stellte Lüdenkamp fest. „Kleine Pause."

**Männer**

Es ging weiter.

„Für Raouls Tod bin ich nicht verantwortlich", wehrte sich Helen Echters. „Das können Sie mir nicht anhängen. Ja, ich habe dem Mistkerl die Tropfen verabreicht. Aber in einer Dosis, die einen durchtrainierten jungen Mann nicht umbringen konnte."

„Aber Raoul ist jetzt trotzdem tot", wandte Brasche ein. „Vermutlich war es die Kombination mit dem Alkohol, die er nicht überlebt hat."

„Ich habe ihn nicht umgebracht. Ich wollte doch nur, dass er erst einmal außer Gefecht gesetzt wird."

„Und was hatten Sie dann mit ihm vor?", fragte Brasche.

„Das weiß ich auch nicht. Ich konnte jedenfalls nicht ahnen, dass er nicht nach Hause geht, sondern stattdessen am Kran hochklettert. Das stand nicht auf dem Beipackzettel."

„Werden Sie bitte nicht zynisch", mahnte Lüdenkamp.

„Ich glaube, der kam sich unheimlich stark vor", vermutete Helen Echters.

„Kein Wunder mit Ihren K.-o.-Tropfen!", stellte Lüdenkamp fest. „Woher hatten Sie die überhaupt? Die kann man doch sicher nicht einfach so in der Apotheke kaufen?"

„Ich arbeite in einer psychiatrischen Klinik."

„Wollen Sie damit sagen, dass Ihre Patienten mit K.-o.-Tropfen therapiert werden?", fragte Brasche entsetzt.

„Nein, natürlich nicht. Aber es gibt Mittel und Wege, an solche Substanzen heranzukommen. Ich glaube übrigens, dass ihn die volle Wirkung der Tropfen ausgerechnet oben auf dem Kran erwischt hat. Da sollte er zu der Zeit aber gar nicht sein, sondern längst zu Hause. Also ist das nicht meine Schuld."

„Was hätten Sie denn gemacht, wenn er zu Hause kollabiert wäre?", wollte Brasche wissen.

„Ich weiß es nicht. Vielleicht hätte ich ihn am nächsten Morgen einfach rausgeschmissen. Vielleicht hätte ich ihm aber auch eins mit der Bratpfanne übergezogen. Der Gedanke ist ja sicher nicht strafbar."

„Das hätte aber eine ähnliche Wirkung haben können wie der Sturz vom Kran. Raoul ist nämlich an seinen Schädelverletzungen gestorben. Nicht an den Folgen der K.-o.-Tropfen", sagte Brasche.

„Dann habe ich ihn gar nicht umgebracht?", fragte Helen Echters ziemlich überrascht.

„Direkt nicht, indirekt schon. Das wird noch genauer untersucht."

Lüdenkamp wollte noch etwas klären: „Frau Dr. Echters. Was ich besonders verwerflich finde, ist, dass Sie versucht haben, die ganze Sache Herrn Theine anzuhängen. Der hat sich zwar auch nicht korrekt verhalten. Aber mit dem Tod von Raoul hat er nach dem jetzigen Stand der Dinge absolut nichts zu tun. Warum haben Sie ihn da hineingezogen?"

„Der ist genauso schuld", antwortete Dr. Echters. „Wenn er nicht so viel herumerzählt hätte, wäre Raoul nicht in die Türkei geflogen. Dann hätte er mich auch gar nicht kennengelernt. Männer!"

Brasche startete noch einen Versuchsballon: „Frau Dr. Echters. Wir wissen, dass Sie in der Tatnacht nach Ihrem Besuch beim Griechen in Wahrheit gar nicht erst nach Hause gegangen sind, sondern abgewartet haben, was Raoul machte."

„Wie kommen Sie denn darauf? Das stimmt nicht!"

„Sie sind gesehen worden, wie Sie von der gegenüberliegenden Seite des Marktplatzes aus das Lokal beobachtet haben."

Es dauerte einen Moment, bis Dr. Echters zugab: „Ach. Jetzt ist schon sowieso alles egal! Es stimmt. Deswegen konnte ich Herrn Theine auch so schnell helfen."

„Sie haben also gewartet, bis Raoul aus dem Lokal kam, und sind ihm dann gefolgt?", fragte Lüdenkamp.

„Ja."

„Und Sie haben zugesehen, wie Raoul sich ausgezogen hat und auf den Kran geklettert ist?"

„Ja. Mir war zuerst völlig schleierhaft, was er vorhatte. Er hatte Mühe, über den Zaun zu kommen. Musste ein paarmal Anlauf nehmen. Dann, als er drüben war, hat er ziemlich laut irgendein unverständliches Zeug vor sich hin gebrabbelt."

„Sie waren da noch draußen?", fragte Brasche.

„Ja. Ich wollte erst mal abwarten, was passiert."

„Und was passierte?"

„Ich stand in einem Hauseingang. Etwas versteckt. Da kamen plötzlich zwei junge Leute über den Zaun geklettert. Im Eiltempo. Als wenn der Teufel hinter ihnen her wäre."

„Haben die beiden Sie gesehen?"

„Nein, ich glaube nicht. Ich stand im Halbdunkeln. Und die sind ziemlich schnell an mir vorbeigerannt. Dann waren sie verschwunden."

„Haben Sie die beiden erkannt?"

„Nein. Dazu war es viel zu dunkel."

„Können das Ihre Freunde Thomas Gottschall und Uwe Ganter gewesen sein?"

„Wie sollen die denn da hingekommen sein?"

„Frau Dr. Echters", sagte Brasche eindringlich. „Sie wissen doch genau, dass die beiden in der besagten Nacht an der Palette gearbeitet haben. Und Sie später anrufen wollten, wenn sie fertig waren."

„Das höre ich zum ersten Mal", widersprach Helen Echters. „Und es war wirklich zu dunkel, um irgendetwas erkennen zu können."

„Was haben Sie dann gemacht?"

„Ich hörte plötzlich nichts mehr von Raoul. Da bin ich auch über den Zaun geklettert, um nachzusehen."

„Und was sahen Sie?"

„Raoul, der schon auf halber Höhe des Krans angekommen war. Ich weiß gar nicht, wie der das in seinem Zustand so schnell geschafft hat."

„Und dann?"

„Dann habe ich gewartet, bis er oben war."

„Sie haben nicht versucht, ihn zurückzuhalten?"

„Nein."

„Und dann?"

„Dann hat er plötzlich laut geschrien und ist abgestürzt. Da lag er vor mir auf einer Palette mit Steinen und hat sich nicht mehr bewegt."

„Und dann?"

„Dann habe ich sein Zeug eingesammelt und bin wieder über den Zaun nach draußen."

„Mit Raouls Kleidungsstücken?", wollte Lüdenkamp genau wissen.

„Ja."

„Warum denn das?", fragte Brasche.

„Weil ich gedacht habe, es ist besser, wenn gar keiner weiß, wer der Tote ist. Dann könnte man auch keine Verbindung zu mir herstellen."

„Der Tote?", fragte Lüdenkamp. „Woher wussten Sie, dass Raoul tot war."

„Das habe ich sofort gesehen. Der hat keinen Mucks mehr gemacht."

„Was haben Sie dann gemacht?"

„Dann habe ich Raouls Sachen in mein Auto gebracht. Das stand nur eine Straße weiter."

„Und dann haben Sie in aller Ruhe abgewartet, bis Theine Sie angerufen hat", vermutete Brasche.

„Nein. Ich habe mich in mein Auto gesetzt, um erst mal wieder zur Ruhe zu kommen. Und da kam auch schon der Anruf von Theine."

„Frau Dr. Echters", sagte Brasche nach einer kurzen Pause. „Wir müssen Sie hierbehalten. Um Ihre Tochter wird sich jemand kümmern."

Lüdenkamp nahm Helen Echters mit nach draußen und übergab sie einem Uniformierten. Brasche wählte die Nummer von Stefan Theine. Als der sich meldete, sagte Brasche: „Herr Theine. Es sieht ganz gut für Sie aus. Zwei Fragen habe ich aber noch."

„Ja?"

„Zum einen: Warum haben Sie eigentlich das Dom-Glockenspiel noch manipuliert, nachdem Herr Mendoza bereits tot war?"

„Weil ich gedacht habe, sonst ist Raouls Tod völlig umsonst. Ich habe geglaubt, dass ich ihm das schuldig bin. Er hatte ja auch seine Wette eingelöst. Und mit dem Leben bezahlt."

„Das kann ich gut nachvollziehen."

„Und die zweite Frage?"

„Frau Dr. Echters hat angegeben, dass sie Herrn Mendoza aus dem Weg geräumt hat, weil er sich an ihre Tochter herangemacht hat. Sie ist davon überzeugt, dass Herr Mendoza pädophile Neigungen hatte."

„Was? Das ist doch völliger Quatsch! Wie kommt sie denn darauf?"

„Frau Dr. Echters hat auf Mendozas Laptop einschlägige Internetseiten und Fotos entdeckt."

„Ja und? Soweit ich weiß, hat Raoul für das Landeskriminalamt gearbeitet. Er hatte den Auftrag, Pädophile im Internet aufzuspüren. Die erforderlichen Recherchen hat er meistens zu Hause an seinem Laptop gemacht. In der Dienststelle in Düsseldorf ist er meines Wissens fast nie gewesen. Sich widerliche Fotos und Videos anzuschauen, das war also sein Job!"

„Ach du Scheiße!", entfuhr es Brasche. „Wenn das stimmt, dann wäre sein Tod ja völlig umsonst gewesen!"

## Nachklang

Beo saß an der Marcussen-Orgel und spielte eine von Bachs zweistimmigen Inventionen, die er während seiner Ausbildung als Kirchenmusiker kennengelernt hatte. Bach hatte diese kleinen Meisterwerke ursprünglich für seinen Sohn und Klavierschüler Wilhelm Friedemann geschrieben, der mit ihrer Hilfe eine „cantabile (= gesangliche) Art im Spielen" erlangen sollte.

Mitten im Stück hielt Beo plötzlich inne. Ihm war, als ob er neben den Orgeltönen, die in dem leeren Dom noch lange nachklangen, etwas vernommen hätte, das da nicht hingehörte. Beo lauschte angestrengt. Dann nahm er ein leises Tapsen wahr, das sich in Richtung der Turmtreppe bewegte.

Beo wartete noch ein paar Minuten. Dann kletterte er ebenfalls, so leise er konnte, die Stufen zum Glockenspiel empor. Oben angekommen, erblickte er einen älteren Mann mit einem kleinen dunkelgrünen Lederkoffer, der sich an dem Kasten zu schaffen machte, in dem die Glockenspiel-Steuerung verborgen war.

Beo nutzte das Überraschungsmoment. „Was machen Sie da?", fragte er, so forsch er konnte.

„Hallo", lautete die Antwort. „Hallo" mit einem dicken fetten „l" in der Mitte, so wie es nur die Niederländer aussprechen können. „Hallo, ik ben Henk Makkenstraat von de Koninklijke Eijsbouts. Ik soll die defekte Carillon wieder hinrichten."

„Na, hoffentlich nicht", meinte Beo. „Aber lassen Sie sich nicht stören. Wir freuen uns schon alle darauf, dass die Glocken bald wieder zu hören sind. Ich wünsche Ihnen viel Erfolg."

Nachmittags erhielt Beo einen Anruf von Brasche, der ihn in Kurzfassung über die Ermittlungsergebnisse informierte.

„Raoul Mendoza ist demnach einem schrecklichen Irrtum zum Opfer gefallen", stellte Beo fest.

„So ist es", bestätigte Brasche. „Das LKA hat die weiteren Ermittlungen inzwischen übernommen. Dort gehörte Mendoza zur ZIR, der Zentralen Internetrecherche. Die Mitarbeiter durchsuchen das Internet nach Anabolika-Händlern, Medikamentenfälschern, Rechts- und Linksextremisten, Trickbetrügern und vor allem nach pädosexuellen Triebtätern. Übrigens: Herzlichen Dank für deine Mithilfe bei der Aufklärung des Falles ‚Toter am Kran'!"

Beo protestierte: „Daran war ich ja nun wirklich nicht beteiligt."

„Nicht direkt. Aber du wusstest sozusagen, wo die Glocken hängen und hast uns auf die Spur der Verdächtigen gebracht. Also noch mal danke. Mach's gut und grüß Enna von mir."

Beo freute sich schon auf das bevorstehende nächste Highlight an der Rathausfassade. Dort würde in Kürze der Turmhelm mit der schmiedeeisernen Wetterfahne aufgesetzt und das offizielle Richtfest gefeiert werden.

Allen Verantwortlichen wünschte Beo eine ungestörte abschließende Bauphase ohne am Kran baumelnde Überraschungen, dafür mit einer passenden Background-Musik vom Dom, die für seinen Geschmack ruhig ein bisschen mainstreamiger ausfallen durfte – weniger ‚Ännchen von Tharau', stattdessen ab und zu ein paar Takte von Lena & Co.

## Anhang

Der **Willibrordi-Dom** ist die alte Weseler Stadtkirche. Sie wurde in ihrem heutigen Erscheinungsbild zwischen 1501 und 1540 als spätgotische Basilika mit fünf Kirchenschiffen erbaut. Der Turm wurde in den Jahren 1477 bis 1478 errichtet.

Bereits vor 800 nach Christus stand an gleicher Stelle eine kleine Kirche. Diese wurde mehrfach erneuert und umgebaut. Sie unterstand in früherer Zeit dem Kloster Echternach, wo der Friesenmissionar Willibrord (gestorben 739) bestattet ist.

Vor der Reformation standen in der Kirche 38 Altäre der Bruderschaften und Gilden. Die Hansestadt Wesel war der Hauptort des Herzogtums Kleve. 1540 trat die Stadt der Reformation bei.

Von 1883 bis 1896 wurde die Kirche mithilfe des preußischen Herrscherhauses vollständig renoviert. Erst damals wurde der geplante Chorumgang ausgeführt. Über den Eingangsportalen erinnern die Standbilder des Großen Kurfürsten und Kaiser Wilhelms I. an diese Zeit.

Durch die alliierten Bombenangriffe 1945 auf Wesel wurde auch der Willibrordi-Dom erheblich beschädigt. Der Dombauverein begann 1947 im Auftrag der Kirchengemeinde mit dem Wiederaufbau. Die eigene

Dombauhütte orientierte sich an der spätmittelalterlichen Ausführung. Mit der Aufbringung des Chor-Reiters wurde der Wiederaufbau 1994 abgeschlossen.

Bei einem Rundgang durch den Dom ist das große Westfenster im Turm besonders beachtenswert: Es wurde farbig gestaltet nach einem Entwurf von Professor Vinzent Pieper.

Die neue Orgel wurde im Hohen Chor errichtet und im Herbst 2000 mit zunächst 51 (später 56) Registern fertiggestellt. Erbaut wurde die Orgel von der dänischen Firma Marcussen & Sohn.

*Der vorstehenden Text wurde mit freundlicher Genehmigung der Stadt Wesel der Internet-Seite www.wesel.de entnommen.*

Vom gleichen Autor im Mercator-Verlag erschienen:

**Der Fall de Mol**

Niederrhein-Krimi

Auf der Bislicher Insel bei Xanten wird der 80-jährige Egon Bullmeier von seiner Frau mit einem Kartoffeltopf erschlagen. Ihre Enkelin Anne Nielsen findet in dem kleinen Häuschen der Großeltern geheime Unterlagen über einen Flusstunnel, der in Wesel den Rhein unterquert.
Am Deich bei Wesel-Büderich wird der niederländische Drogenboss Bernard de Mol von der Polizei gefasst. Bei ihm werden ebenfalls Hinweise auf den Weseler Flusstunnel gefunden.
Wo liegt der Tunnel, und was haben die Bullmeiers mit de Mol zu tun? Kriminalhauptkommissar Brasche vom K11 der Kreispolizei Wesel und sein Kollege Lüdenkamp versuchen, das Rätsel zu lösen.
Anne Nielsens Freunde Beo und Enna Wulf, die eine private Detektei betreiben, machen sich ebenfalls auf die Suche nach dem ominösen Tunnel. Keiner ahnt, welches Geheimnis dieser seit vielen Jahren birgt.

192 Seiten, kartoniert, 9,90 €
ISBN 978-3-87463-495-3